Bae Su-ah

Noite e dia desconhecidos

Tradução Hyo Jeong Sung

© Bae Su-ah, 2021

1ª Edição

TRADUÇÃO
Hyo Jeong Sung

PREPARAÇÃO
Silvia Massimini Felix

REVISÃO
Pamela P. Cabral da Silva
Eloah Pina

CAPA
Beatriz Dórea

Impresso no Brasil/*Printed in Brazil*

Todos os direitos reservados à DBA Editora.
Alameda Franca, 1185, cj 31
01422-001 — São Paulo — SP
www.dbaeditora.com.br

Este livro foi publicado com o apoio do Literature Translation
Institute of Korea (LTI Korea)

Dados Internacionais de Catalogação na Publicação (CIP)
(Câmara Brasileira do Livro, SP, Brasil)

Su-ah, Bae

Noite e dia desconhecidos / Bae Su-ah ;
tradução Hyo Jeong Sung. 1. ed. — São Paulo: DBA Editora, 2021.

Título original: 알려지지 않은 밤과 하루

ISBN 978-65-5826-016-5

1. Ficção coreana I. Título.

CDD-895.73

Índices para catálogo sistemático:
1. Ficção : Literatura coreana 895.73

1

A ex-atriz Ayami estava sentada no segundo degrau do teatro de áudio, com o livro de visitas nas mãos.

Estava sozinha. Exceto por essas informações, nada mais fora revelado a ninguém.

Com todas as luzes apagadas, a sala do teatro parecia estar imersa em águas turvas. Objetos se fragmentavam suavemente. Tudo ali era incógnito e meio opaco: não apenas as luzes ou as formas, mas também o som dos objetos. Havia uma dezena de assentos, a plateia podia se sentar em qualquer lugar da sala, pois escadas estavam dispostas aqui e ali.

Para Ayami, esse momento calmo, depois da última sessão do dia, durante o qual lia o livro de visitas, era precioso. Não que as pessoas deixassem recados especiais. De quando em quando, visitantes cegos deixavam registros indecifráveis em braile. Ela não pegava o livro de visitas para ler, mas para ouvir, com atenção, a voz que soava de maneira descontínua.

> Não esteja longe de mim um só dia, porque
> porque... o dia é longo
> e eu estarei te esperando.[1]

[1] Versos adaptados do Soneto 45, de *Cem sonetos de amor*, de Pablo Neruda. (N. A.)

Naquele horário, sempre que se encontrava sozinha na sala do teatro, um rádio velho escondido entre o emaranhado de equipamentos de som começava a tocar. Como Ayami tinha medo da corrente elétrica que passava por entre os equipamentos, cabos, microfones e caixas de som, e, como não havia jeito de se livrar da certeza de que um curto-circuito de ondas sonoras estridentes poderia atingi-la fisicamente, ela não tinha coragem de sair à procura do rádio entre as pesadas máquinas eletrônicas, muito menos de tirá-las do lugar. Na verdade, como funcionária do teatro, tudo o que fazia era inserir o disco da peça em cartaz no equipamento e apertar o botão para tocá-lo. De vez em quando, um técnico da fundação fazia a manutenção dos aparatos, mas ela nunca tinha falado com ele.

O técnico, que parecia ser uma sombra de si mesmo por sempre usar um boné cuja aba cobria-lhe todo o rosto, todos os dias vinha dirigindo um ônibus, como se carregasse um grande volume de equipamentos. Era um ônibus branco, com o logo da fundação na lateral. O ônibus nunca trazia ninguém além do técnico. O diretor do teatro sempre sabia exatamente o dia e a hora das visitas técnicas. E, quando necessário, era o próprio diretor que falava com ele. Era sempre o diretor que recebia o ônibus e acompanhava sua saída.

Certa vez, Ayami tentou avisar o diretor sobre o rádio que tocava sozinho. Não havia sido o caso até então, mas poderia ser um problema se ele começasse a tocar no meio de uma apresentação. Além disso, o diretor era, ao mesmo tempo, o representante da casa e seu único chefe e colega de trabalho, e, por isso, precisava estar ciente do caso.

"Deve ser algum problema de fiação. Será que não conectaram por engano um dos cabos dos amplificadores ao rádio?", comentou Ayami, parada na porta do escritório do diretor, como se tivesse se lembrado de repente, ao passar de maneira casual por ali.

Sentado à mesa, o diretor inclinou um pouco a cabeça na direção de Ayami. "Não existe nenhum rádio no teatro, não que eu saiba. Que estranho, nunca ouvi nenhum som de rádio. Bem, mas também não posso dizer que minha audição seja a mais sensível."

"Também não posso afirmar que o som venha de um rádio", respondeu Ayami visivelmente indecisa, embora continuasse falando por achar que não podia interromper a conversa. "É só uma suposição minha. De todo modo, do palco nem se ouve nada. Aliás, eu ouço esse barulho apenas às vezes, quando tudo está muito silencioso."

"Que som é esse, exatamente?"

"É como se alguém lesse um livro bem devagar, como se estivesse murmurando ou mesmo, falando sozinho... Para ser mais exata, é uma voz sem entonação alguma, como a que transmite notícias sobre o tempo às pessoas que trabalham em alto-mar, intencionalmente lenta para que os pescadores possam anotar o que está sendo dito. Direção do vento, sudeste, as ondas atingem altura de dois metros e meio, pouco nublado, arco-íris ao sul, geada, vento em direção nordeste, 2, 35, 7, 81... Esse tipo de murmúrio contínuo..."

"E é geralmente depois de todas as apresentações, à noite, depois de desligar os aparelhos de som que se ouve, é isso?"

"Sim."

"Será que não são as sombras do som que ficaram para trás?"

"Sombras do som?"

"Uma espécie de voz não revelada."

Ayami fitou o rosto do diretor, mas não havia jeito descobrir se ele estava brincando ou não. Enquanto ela, que se considerava leiga em relação a máquinas, hesitava pensando em como responder, o diretor voltou a falar:

"O técnico vem depois de amanhã. Vou pedir que ele dê uma olhada nisso."

"Está bem. Mas eu só..."

"Sim?"

"Não, é que eu achei que era meu dever avisar... Só falei porque achei que eu tinha o dever de avisar sobre isso."

"E?"

"Para ser franca, isso... seja rádio ou sombra, não é tão alto assim. É tão baixo que no meio de uma apresentação mal dá para ouvir, por causa dos efeitos sonoros..."

Os cantos dos lábios do diretor se ergueram de leve, num esboço de sorriso. Pode ser que tenha sido apenas uma ínfima contração muscular. "Você quer dizer, então, que esse som desconhecido pelo menos não a atrapalha?"

"Sim."

Mal respondeu, Ayami se apressou em voltar ao seu lugar na biblioteca, antes que o diretor dissesse algo.

***

No final do entardecer, com o sol baixando no céu, o último raio solar formado por pesadas faixas horizontais de luz laranja invadia a sala, mas, com as lâmpadas apagadas, metade do local já havia sido tomada pela escuridão. Cinco jovens do ensino médio, um homem que aparentava ser professor deles e uma jovem com deficiência visual severa, com os olhos quase fechados, haviam sido a plateia daquela sessão. Os cinco jovens, inquietos, se levantaram antes mesmo do término do espetáculo. Conversando em voz alta, eles empurraram a porta de vidro com pressa, deixando o local antes das suas próprias sombras. Tendo a porta se fechado de repente, as sombras permaneceram na sala como se fossem assombrações.

A jovem com deficiência visual foi a última pessoa a deixar a sala naquela noite. Na hora de se despedir, passou de leve o dedo sobre o dorso da mão de Ayami e, com o dedo médio, permaneceu por um tempo pressionando suavemente um ponto, como se lhe tomasse o pulso. Por um momento, Ayami sentiu como se esse movimento fosse um convite inusitado.

A jovem se vestia de modo curioso: usava um *hanbok*[2] branco, liso, confeccionado em algodão rústico, que exalava um forte cheiro de tecido engomado. Seus cabelos, volumosos e pretos, estavam presos num rabo de cavalo baixo, e os pés, que apareciam sob a saia, calçavam sandálias feitas com tecido de cânhamo trançado de modo grosseiro.

***

Ayami não era a única ex-atriz a ter trabalhado como funcionária da administração, da bilheteria, e como bibliotecária do único teatro de áudio mantido pela fundação.

---

[2] Vestido coreano tradicional usado em ocasiões formais e cerimônias solenes, caracterizado por cores vibrantes, linhas simples e ausência de bolsos. (N. E.)

Antes dela, muitas outras do ramo — quase todas atrizes — já haviam passado por essa posição de funcionária única. Elas duraram no máximo três meses e no mínimo três horas ali. Ninguém havia ultrapassado os dois anos de Ayami na posição. Para falar a verdade, era um trabalho muito entediante e monótono, sobretudo para uma jovem cuja profissão tinha sido a de atriz. O único contato com outras pessoas era com o público do espetáculo de áudio, em sua maioria cegos e estudantes do ensino médio ou universitários. Talvez um dos maiores motivos para suas antecessoras terem abandonado o trabalho fosse o fato de o posto não apresentar quase nenhuma possibilidade de se encontrar com homens. Não com qualquer tipo de homem, mas homens que pudessem ser atraentes para elas que, apesar de serem jovens viçosas com grande ambição, infelizmente eram pobres.

Ayami não tinha o menor conhecimento de suas antecessoras. Nunca as vira nem sabia seus nomes. Tudo o que elas haviam deixado eram algumas canetas perdidas na gaveta e um pedaço de papel com palavrões que não se destinavam a ninguém em especial. Além disso, ela não sabia nada sobre aquela fundação que, além de ser a administradora do teatro, também pagava o seu salário. Ao contrário do que todos pensavam, ela não tinha conseguido esse trabalho por conhecer alguém da fundação. Em determinado momento, Ayami sentiu que os intervalos ociosos dentro do grupo teatral do qual fazia parte foram se tornando cada vez mais longos. Então, quando as dificuldades financeiras estavam prestes a desfazer o grupo, um colega falou a respeito do cargo.

No primeiro dia em que ela foi ao teatro de áudio, entrou sozinha, sem a orientação de ninguém, e rumou direto à sala de espetáculos. Em seguida apareceu um homem e se apresentou como o diretor. Ayami havia se sentado virada para o lado da entrada, mas não percebeu que ele entrava na sala. Aparentemente havia uma porta vagando em meio à poeira flutuante e às faixas de luz, e o diretor tinha aparecido por ela. Ayami foi entrevistada sentada no segundo degrau da sala e contratada ali mesmo.

***

O teatro de áudio era uma sala de espetáculos sem palco nem tela. O que eles chamavam de peça eram roteiros produzidos para ser narrados. Os poucos que vinham ao teatro ouviam essas narrações sentados nos sofás ou nas escadas, espalhados pela sala. Assim sendo, não havia atores ali, e Ayami trabalhava não mais como atriz, mas como funcionária encarregada das tarefas administrativas. O teatro consistia na pequena sala de espetáculos que ficava no fim de um lobby comprido, uma biblioteca menor que a sala e o escritório do diretor. A mesa de trabalho de Ayami ficava num canto da biblioteca. Uma vez por dia, antes do espetáculo da noite, ela trabalhava na entrada, vendendo ingressos — tão baratos que nem chegavam ao preço de um café. Antes do início de cada espetáculo, ela era responsável por uma breve explicação sobre a peça e, por último, era ela quem dizia: "Bem, então vamos começar a peça de teatro de áudio". Às vezes, quando havia demanda, cuidava do empréstimo de materiais da biblioteca, como roteiros das narrações, panfletos, coletânea de peças, biografia de atores ou discos do espetáculo.

***

Ayami já havia terminado de cumprir todas as suas obrigações. Já fechara o caixa das vendas dos ingressos — o que não levava tanto tempo assim —, já verificara as entradas e saídas do material da biblioteca e já postara todos os documentos para a fundação. Só faltava trancar a porta do teatro e guardar a chave na caixa de correio do andar de baixo. O salário seria pago até aquele mês.

O telefone tocou. O som não vinha do rádio, mas do telefone de verdade. Ayami foi até a mesa da biblioteca e atendeu à chamada. Queriam saber qual era o programa da semana seguinte, o tipo de informação mais solicitada pelo telefone.

"Não haverá programa na semana que vem", respondeu Ayami, "pois hoje foi o último dia do teatro de áudio. O teatro será fechado definitivamente a partir de amanhã."

"Fechado?", questionou a pessoa do outro lado da linha, realmente surpresa. "E por que não apareceu nada nos jornais?"

Talvez a notícia tenha sido publicada nos jornais, sim. Mas Ayami não tinha certeza de como o departamento de relações públicas da fundação havia tratado o assunto. Para falar a verdade, só pelo número escasso de visitantes por noite, o fechamento definitivo do teatro não era uma notícia tão importante para a sociedade quanto pensava a pessoa do outro lado da linha. Pelo menos não a ponto de os jornais mencionarem o assunto.

Com o encerramento das atividades do teatro no dia seguinte, Ayami perderia o emprego. É claro que a fundação tomara essa decisão com alguns meses de antecedência e ela tivera tempo suficiente para procurar outro trabalho. Porém, Ayami tinha ficado muito tempo parada para voltar a trabalhar como atriz e, talvez por não ter tido uma carreira tão bem-sucedida na época em que trabalhava no ramo, nem sentia que alguma vez já tivesse sido uma atriz. Soube, muito tempo mais tarde, que seu trabalho no teatro de áudio não ajudava em nada na procura de uma nova ocupação, pois aquele teatro administrado pela fundação era o único do tipo em toda a cidade de Seul. Ou seja, essa categoria de trabalho era única e não existia em nenhum outro lugar do mundo. Ela não tinha em mãos nenhum certificado de bibliotecária ou de professora de artes que, ao menos teoricamente e no papel, incrementasse o currículo para se candidatar a outras vagas. Ayami havia ingressado no curso de Direito, mas o abandonara antes mesmo de terminar o primeiro semestre. Ou seja, ela não tinha nada que chegasse perto de um diploma ou habilitação. Nem carteira de motorista possuía.

    Na época em que trabalhava como atriz, sempre que podia fazia bico como garçonete, sem conseguir êxito em nenhuma das duas funções. Ela era alta demais para ser uma garçonete bem-sucedida. Além disso, tinha o rosto tomado por um ausência de expressão quase teatral e seu jeito de se mover e andar era lento e, ao mesmo tempo, dava a impressão de ser dramático: tudo nela era fora do comum. Ayami, com esse jeito peculiar, transmitia uma sensação indescritível de estranheza e desconforto aos clientes do restaurante. Todos, quase sem exceção, demonstravam certo incômodo ao ter de olhar para cima quando ela se aproximava da mesa. Em seguida, perguntavam qual era sua altura e olhavam para seus pés, incrédulos diante de sua resposta. Mas os sapatos dela eram sempre baixos. Aliás, eram mais baixos do que o normal. Na verdade, por suas medidas, não era possível dizer que Ayami era alta, mas estranhamente aparentava ser mais alta porque sempre parecia deslizar a um palmo do chão. Essa ilusão de ótica era mais intensa quando trabalhava no restaurante porque ela ficava de pé, enquanto quase todos os clientes estavam sentados.

Ela também estava ciente de que seu corpo se adequava melhor a trabalhos físicos do que à prestação de serviços que demandavam habilidades comunicativas. Ayami acreditava que o trabalho de ator no palco podia ser classificado como físico.

***

Tendo percebido que Ayami estava com dificuldades em encontrar um novo trabalho, o diretor aconselhou-a a mandar uma carta de candidatura à fundação. Durante todo o período em que ela trabalhou como funcionária contratada temporária no teatro de áudio, que era uma entidade externa da fundação, nunca tinha tido a oportunidade ou necessidade de visitar ou de se encontrar com as pessoas de lá. O diretor era responsável por toda a comunicação com eles. As únicas vezes que ela falou diretamente com a fundação se limitaram a alguns poucos telefonemas — só em caso de extrema urgência — para o pessoal do departamento de artes. O diretor estava lhe dizendo que, se ela deixasse uma carta de apresentação e um currículo no departamento de recursos humanos da fundação, talvez não fosse de imediato, mas eles poderiam consultar se por acaso surgisse uma vaga, ou, embora as possibilidades fossem bem baixas, caso resolvessem investir de novo em projetos culturais não lucrativos e voltassem a abrir o teatro de áudio ou a biblioteca.

"Você já deve saber que a fundação nunca recruta funcionários publicamente, mas sempre por recomendação. É por isso que digo que isso vai ajudar", disse o diretor.

Mas Ayami não seguiu o conselho dele. Não que ela não precisasse de trabalho ou que não gostasse de trabalhar na fundação. É porque tinha percebido que o próprio diretor, apesar de não ter dito explicitamente, não conseguira outro trabalho, um posto que oferecesse um salário e status razoáveis. Se a fundação estivesse bem intencionada para com eles, ou se a situação permitisse, o diretor, que era muito mais próximo da fundação que ela, não estaria passando por essa dificuldade. A seus olhos, o diretor recebera uma ótima educação, era culto e tinha um diploma estrangeiro. O que não contava a seu favor, porém, era o fato de ele ter como única experiência de trabalho esse posto de diretor de um teatro de áudio, uma instituição não lucrativa que tinha apenas uma funcionária.

Era uma noite sem nuvens, e o céu brilhante se expandia pela cidade. Depois de ter desligado o telefone, Ayami ficou observando a chegada do crepúsculo pela porta de vidro de entrada do primeiro andar do teatro. A última luz estava deslumbrante em sua vermelhidão. Em frente ao muro do outro lado da calçada, um casal de meia-idade, vestindo roupas simples, olhava em direção ao teatro. Sempre que passava um carro na rua de mão única, a mulher subia de maneira arriscada na pedra que pavimentava o muro, mas, por um bom tempo, o olhar curioso do casal não se desviou do mural com a programação do teatro.

Eles pareciam ser um casal comum em sua caminhada habitual de fim de tarde, ou colegas de escola primária que se reencontraram depois de quarenta anos. Assim que a mulher levantou o rosto, por entre os cabelos artificialmente pretos, destacaram-se nítidas marcas de varíola sobre sua pele escura. O homem levantou a mão cheia de calos e apontou para um certo ponto no mural. Pareciam ter acabado de descobrir que a apresentação de hoje fora a última. Ayami observou a mulher balançar a cabeça com uma expressão de pena. Poderiam ser meus pais? A pergunta veio subitamente à mente de Ayami e logo foi embora, deixando atrás de si uma cauda anuviada.

"Que estranho, por que será que só fui descobrir esse teatro agora?", era possível ver a mulher murmurar. "Sem nenhuma placa, só com essa programação colada aí. Olhando sem atenção, eu diria que parece mais um templo budista ou um curso de meditação."

O homem cochichou algo na orelha da mulher e ela, encostando a cabeça no ombro dele, desatou a rir feito criança, uma criança velha. Será que aquele homem franzino podia ser o pai de Ayami — um parente distante do prefeito de Seul e vendedor ambulante de frutas?

Por um momento, o casal parecia ter se esquecido desse teatro que aparecera repentinamente em suas vidas.

Os dois olharam para o céu ao mesmo tempo.

Estava quente. Nada tinha mudado. Não havia sinal de chuva.

"O que será que há lá dentro?", disse a mulher, tomada por uma obstinação inexplicável, espiando o outro lado da porta. O olhar do homem acompanhou o da mulher em direção ao teatro, embora ele não tivesse grande interesse pelo equipamento de som ou em saber sobre esse tal teatro de áudio.

Aparentemente eles não viam Ayami, que estava do lado de dentro da porta de vidro.

"Parece que há uma biblioteca e uma sala de áudio... Sala de áudio? Será algo parecido com sala de música? De qualquer jeito, parece que o local vai fechar e nunca poderemos entrar ali."

Os dois começaram a andar na mesma direção, como se estivessem determinados a voltar para casa, mas logo pararam, hesitando, como se pensassem: "Para onde vamos?". Bruscamente, a mulher se voltou para o homem e perguntou, com os olhos arregalados, quase franzindo a testa: "Você não vai me deixar de verdade como escreveu na carta, não é mesmo?".

E, em meio ao ar parado, sem uma corrente de vento sequer, a saia da mulher drapejou como um velho pano de prato, deixando à mostra um par de panturrilhas magras com tendões salientes, pés pateticamente pequenos e sapatos que brilhavam como novos, mas pareciam usados.

Uma gota de suor escapou dos fios de cabelo da mulher e lhe escorreu pelo rosto. Um cheiro de frutas levemente passadas, de cigarro, de roupa molhada e de papel de embrulho de peixes exalava do interior da saia.

A sala de áudio não era uma sala propriamente dita: tratava-se de um canto da biblioteca com instalações para ouvir discos. As pessoas ouviam ali, em pé mesmo, um trecho dos discos das apresentações para decidir se iriam levar o disco emprestado ou não. Sendo essa a finalidade do espaço, chamá-lo de sala de áudio era um tanto exagerado.

Eles poderiam ser meus pais?, Ayami voltou a se fazer a mesma pergunta.

***

Durante os dois anos em que trabalhou no teatro, Ayami não teve folga, exceto na semana de fechamento oficial em agosto, em pleno verão. A semana mais quente do ano era também a semana de férias coletivas da fundação. A fundação suspendia todas as suas atividades durante essa semana, paralisava todas as suas linhas telefônicas, e todos os seus funcionários saíam de férias. Por uma semana, a cidade parecia um grande animal feroz padecendo sob um monte de terra úmida e quente.

 O calor de fornalha exalava de espessas paredes de concreto; pesados vergalhões de aço, enormes instalações de vidro e de asfalto quente cobriam toda a superfície, e o calor produzido pela incineração de inumeráveis tipos de matéria orgânica animal, como carne, pele, pupilas e pelos, assim como o suor, transformavam as ruas num buraco côncavo em chamas, como a boca de um vulcão. Independentemente da direção do rosto, milhares de flechas de fogo provocavam queimaduras fatais nos olhos e na pele. Milhares de estrelas explodiam ao mesmo tempo. Meteoros queimavam, incineravam gases, e cinzas escuras se grudavam ao domo astronômico. Todas as luzes foram suspensas. Criou-se a noite, porém o calor não se retirou. As fibras viscosas que ligam todos os tecidos do corpo ficavam ainda mais frouxas durante a noite e rodeavam indolentemente a beira da consciência. As células do sono perdiam a identidade. A senha da identidade havia sido desvendada. A membrana plasmática do sono se dissolvera e o estado de coma fora misturado ao sonho. Era a época do ano em que o sono se tornava mais ralo, mais escasso e mais amplo. Por outro lado, era a época em que reinava o coloide do sonho mais vigoroso, em termos de importância e densidade. No sonho, no qual Ayami costumava estar com um grande papagaio no colo, ela se arrastava até uma banheira cheia de água gelada, inexistente na realidade, e caía no sono ali mesmo. Fincando as garras no peito dela, o papagaio soltava um mugido alto e longo, como um bovino. Devido à instalação de enormes máquinas de climatização artificial, o calor da cidade aumentava infinitamente, causando efeitos transcendentes e dolorosos. As grandes cidades, em pleno verão, eram templos da inconsciência construídos há milhares de anos por tribos seguidoras do trópico, desaparecidas pouco depois. O sono escasso arrastava o corpo a um lago vulcânico repleto de cinzas e de vapor quente. A cinza, composta de sabão preto, era pegajosa e viscosa, enquanto as pedras-pomes, cinzentas e cheias de poros de diversos tamanhos, atrapalhavam a flutuação do corpo. Com a janela aberta, o ar quente, mais denso que um edredom molhado, forçava a entrada, como uma massa corpulenta, na minúscula casa de um só cômodo sem ventilador nem ar-condicionado; por outro lado, com a janela fechada, o oxigênio se evaporava de maneira fulminante. Por fim, a atmosfera ficava repleta apenas de calor. Por fim, a atmosfera ficava repleta apenas de êxtase de ruptura. A cama do mês de agosto era uma coluna de vapor que florescia no pântano tórrido. Havia a memória de uma mulher ancestral morta lá dentro. O império do doloroso devaneio ascendendo do pântano ebuliente pairava sobre a cidade no mês de agosto. Apoderava-se do sonho das pessoas. O ar, mais quente que a temperatura do corpo em pleno verão, transformou-se num projétil transparente e maciço e viajou vagarosamente de coração em coração cálidos. O cristal de chumbo invisível rompia e perfurava constantemente os tegumentos. Pele em combustão. Mucosa estilhaçada por queimaduras. A respiração era um trem em direção ao desespero. Eles se encharcavam horrivelmente de suor sempre que se deitavam para dormir. Seus corpos eram carvões que queimavam vagarosos de dentro para fora. Sem chamas, eles queimavam lenta e infindavelmente. Na hora mais quente do dia, Ele tomava uma cerveja tirada da geladeira e Ela comia um pepino. Sobre a prateleira, o rádio amarelo em formato de caixa, quando ligado, só transmitia notícias sobre o tempo. Um ator lia o roteiro pausadamente, sílaba por sílaba, sem entonação. Temperatura. Máxima. Trinta. E. Nove. Graus. Celsius. Sem. Previsão. De. Vento. Sem. Sombra. Risco. De. Queimadura. Trinta. E. Nove. Graus. Previsão. De. Miragem. Liquefação. Do. Asfalto. Pneus. Sem. Previsão. De. Vento. Sem. Nuvens. Risco. De. Queimadura. Na. Mucosa. Céu. E. Atmosfera. Sem. Cores... Mesmo apagada, a vela que estava perto da janela onde o sol batia se derreteu e ficou toda mole. A parafina encolheu e se recurvou num aspecto tristonho que revelava o fim de um amor inevitavelmente misterioso. Perto da hora abrasadora, só restaram suas cinzas. Eles haviam se transformado em cinzentos fantasmas opacos.

***

Quando voltou da folga, o diretor perguntou a Ayami como ela passara suas férias e ela respondeu que tinham sido muito boas. Eles se comportaram como desconhecidos, como duas pessoas que tinham acabado de se conhecer.

Ayami disse que, geralmente, durante a folga, visitava uma tia rica que morava sozinha no exterior. Era necessário viajar seis horas de avião para aquela terra nos trópicos. A casa da tia, uma propriedade no campo construída de arenito bege, tinha uma piscina nos fundos. De manhã cedo, centopeias com milhares de pés, aranhas e filhotes de cobras flutuavam na superfície da piscina, ao lado de resíduos não identificáveis da noite, mas Ayami saltava na água para nadar sem nem mesmo pensar em recolher os insetos e as impurezas. A água de início era um pouco fria, mas quanto mais Ayami se dirigia para o centro, para o fundo, mais ela esquentava. A tia alugava quartos para os que veraneavam na época das férias, mas isso só era possível graças à empregada Mimi, uma malaia que se ocupava de todos os afazeres (a tia já completara 80 anos!). Quando tinha disposição, Ayami ajudava Mimi a fazer as camas e a limpar os quartos, mas ela passava a maior parte do tempo sem fazer nada. Contou ao diretor que às vezes caminhava de pés descalços pela praia de grossa areia cinza, tomava café com muffins no McDonald's do centro e, algumas noites, degustava um coquetel sob palmeiras no bar ao ar livre do hotel da região.

"Uma tia rica!", o diretor exclamou. "Todas as famílias têm um parente assim. Eu também tinha uma tia dessas. Foi há muito tempo, mas minha tia, além de rica, era muito austera. Quando éramos crianças, ela nos fazia andar nas pontas dos pés, pois não gostava de barulhos desnecessários. Lembro que ela tinha três pianos de cauda, e claro que não podíamos tocar, nem mesmo mexer nas teclas. Veja só, para ela, até música era um barulho desnecessário. Mas faz tempo que ela faleceu."

Ayami mostrara ao diretor uma foto dizendo que havia sido tirada na cidade onde sua tia morava, no fim das férias do ano passado, Na foto, ela estava do outro lado da rua, vestindo um *hanbok* branco de algodão, engomado de maneira rústica, sem enfeites. Seus cabelos, volumosos e pretos, estavam presos num rabo de cavalo baixo, e os pés, que apareciam sob a saia, calçavam sandálias feitas com tecido de cânhamo trançado de modo grosseiro. Era impossível saber se havia sido proposital, mas como o foco estava na fachada do edifício, decorado com grandes e pesados relevos por trás dela, a pessoa da foto aparecia tão embaçada que ninguém seria capaz de reconhecer Ayami, se não dissessem que era ela.

"É em frente ao Museu Municipal?", perguntou o diretor.

"Não, eu a tirei quando estava passando em frente ao Hotel Hilton", respondeu Ayami.

***

Ayami tinha aulas de alemão só porque o diretor lhe fizera esse pedido. Em seu segundo dia de trabalho no teatro de áudio, o diretor dissera que tinha uma conhecida bem próxima, que se casara logo após a formatura. Assim que se formou, ela se casou e foi estudar, junto com o marido, na mesma cidade que o diretor estudara, mas, como não obtivera o diploma, não tinha conseguido um trabalho mesmo depois de ter voltado para a Coreia. Ela se divorciou de repente, de um dia para o outro, e agora tinha de trabalhar para se sustentar. Ela procurara emprego como professora de inglês, mas, como não tinha experiência nenhuma e a idade avançada, não era fácil conseguir nem ao menos uma posição de horista nos cursos. Por isso, ela decidira dar aulas particulares em casa: podia dar aulas não só de inglês, mas também de francês e alemão.

"A namorada de Picasso, depois de ter terminado com ele, também se sustentava dando aulas de francês para as americanas que moravam em Paris. É um método clássico, que ultrapassa tempos e espaços", disse o diretor.

"De qual das namoradas de Picasso você está falando?", perguntou Ayami, mas no íntimo ela já decidira que faria aulas de alemão (podia ser até francês, pouco importava. De qualquer jeito, tanto um idioma quanto o outro seriam de pouca utilidade para ela na vida real).

"Fernande Olivier", respondeu o diretor, citando um nome que não tinha significado algum para Ayami.

A conhecida do diretor era franzina, de cabelos longos até a cintura, magra e elegante. Mas, como contraíra varíola na infância, as marcas da doença impediam adivinhar sua idade só pelo aspecto físico. Sua pele era manchada, como se ela tivesse sofrido queimaduras. Ao andar, parecia um barco desorientado que flutua sobre as ondas. Ela geralmente permanecia envolta em sombras escuras, e só trazia à luz as mãos, de pele cândida e alva, quando havia necessidade.

Depois que o divórcio foi concluído, ela se mudou para um bairro a cerca de três ou quatro pontos de ônibus do teatro de áudio. A região era central, mas como aquele bairro ficava no alto de um morro, dispondo de pouca infraestrutura, o aluguel era consideravelmente barato. Era uma casa barata de apenas um cômodo, onde não batia sol, no fim da rua do topo do morro, um lugar a que só se chega após uma boa caminhada depois de descer do ônibus. Todos os dias depois do trabalho, Ayami ia até essa casa para os noventa minutos de aula de alemão. Em vez de falar, tanto a professora quanto Ayami preferiam ficar quietas, ouvindo a voz uma da outra a ler um livro. Talvez fosse por isso que, mesmo depois de dois anos de aula, o alemão de Ayami não tivesse melhorado.

Elas tomavam chá enquanto liam. Com os cabelos amarrados num rabo de cavalo, sem nenhum fio sobre a testa, a professora de alemão mantinha os pequenos pés marrons sobre a cadeira, o corpo arredondado e arqueado, enquanto sorvia o chá quente. A professora de alemão esfregou um pedaço de limão do chá no dorso da mão direita. Ela estava sentada como uma sombra num espelho embaçado. No momento em que passou a xícara de chá, estendendo a mão em silêncio, sua imaculada mão direita alvejou sob a luz noturna de pleno verão. Às vezes, inesperadamente, era possível ouvir um som de rádio no cômodo.

"Que som é esse?", perguntava Ayami sussurrando em voz baixa.

"É o rádio." Quando respondia assim à pergunta, a voz da professora de alemão se assemelhava à do rádio.

"Por que você ligou o rádio logo agora?"

"Ele ligou sozinho."

"Desligue, então."

"Não posso. Isso é impossível."

"Por que é impossível?"

"O rádio... o botão está quebrado. É por isso que liga e desliga sozinho."

"Então é só tirá-lo da tomada."

"Não posso. Isso é impossível."

"Por que está dizendo que é impossível?"

"Eu... eu tenho medo de interferência eletrônica. Porque ela é tão perigosa quanto gás, faca ou raio."

"Ah, é isso", Ayami acenou com a cabeça, olhando para a professora de alemão. Elas continuaram tomando o chá. Gotículas quentes de suor se formaram sobre a testa de ambas. A única janela da casa da professora de alemão, que ficava de frente para a parede no fim da rua sem saída, não conseguia funcionar bem, e o ar úmido e pesado, tão denso que dava vontade de varrê-lo com uma vassoura, preenchia todo o espaço interno escuro. Do aquário, cujo peixe dourado morrera há muito tempo, exalava um cheiro de musgo verde, e de trás do papel de parede, um doce cheiro de mofo. Aquela casa era igual a um templo construído para adorar o calor tropical. O calor se dilatava e se expandia como um pântano. Por isso, produzia um estado de mente fantasioso, penoso, chamado de mal das monções. Com a janela aberta, o ar quente, mais denso que um edredom molhado, forçava a entrada, como uma massa corpulenta, na minúscula casa de um só cômodo sem ventilador nem ar-condicionado; por outro lado, com a janela fechada, o oxigênio se evaporava de maneira fulminante.

Mas este ano não haveria folga tropical. O teatro fecharia as portas antes da época das folgas e aparentemente as chances de Ayami conseguir outro trabalho até lá eram pequenas.

"Há um tempo, encontraram no meu peito esquerdo um desconhecido — segundo a expressão usada pelo médico — nódulo", a professora de alemão disse, como se sussurrasse do interior de um espelho negro parcialmente coberto. E continuou, depois de um momento de silêncio: "Não é nada de mais.

É um problema frequente nas pessoas da minha idade". Ayami perguntou se era verdade, se era realmente apenas um nódulo, sem motivos para se preocupar.

"Sim, é claro que é verdade", a professora de alemão acenou com a cabeça. "É muito frequente. Apesar de pessoas jovens como você não saberem ainda como é."

Ayami, que estava prestes a completar 29 anos, nunca tinha se considerado jovem, muito menos agora, que estava quase perdendo o emprego.

"Existem. Na. Vida. Feridas. Como. A. Hanseníase. Que. Se. Apodera. Do. Espírito. Aos. Poucos. Na. Solidão."

A professora de alemão foi lendo o livro sem nenhuma emoção, sem entonação alguma. A aula dela consistia em ler uma página de um livro em alemão por dia. O livro que elas estavam lendo era *O mocho cego*.

***

Ayami, que estava pensativa, com um dedo sobre a capa do livro de visitas, levantou a cabeça subitamente. Havia uma silhueta escura em pé do outro lado da porta de vidro. Era o contorno de um homem, com as duas mãos apoiadas sobre a porta. Ela tinha trancado a porta depois que a jovem cega deixara o teatro, pois resolvera ficar um pouco mais depois do expediente. Assim, se o homem tivesse tentado entrar no teatro, certamente teria fracassado. Não se sabia há quanto tempo ele estava ali, olhando para dentro com as mãos sobre o vidro. Ayami se aproximou da porta e perguntou, com o olhar, o que estava acontecendo. O homem permaneceu imóvel, como se não estivesse entendendo o olhar dela.

A posição do homem, as pernas um pouco afastadas, a cabeça inclinada e as duas mãos apoiadas sobre o vidro fazia lembrar alguém que estivesse em oração, usando o corpo todo. Ayami olhou para o rosto do homem, que por sua vez olhava para baixo. As duas sobrancelhas eram grossas e negras feito duas aranhas peludas. Tendo percebido que Ayami se aproximava, o homem levantou um pouco a cabeça. Imóveis e com os olhos fixos um no outro, eles permaneceram nessa posição, incrivelmente próximos um do outro.

O homem tinha o rosto magro, as órbitas oculares profundas como grutas e os lábios ressecados. Era possível ver com nitidez as veias capilares vermelhas riscando suas escleras. Ele devia ter feito a barba pela manhã, mas àquela hora, quase de noite, seu queixo tinha voltado a ficar escuro, como uma sombra. Tirando o fato de ele ter uma feição vigorosa, porém extenuada, tratava-se de um rosto comum, do tipo que se encontra frequentemente nos ônibus ou no metrô. O homem permaneceu imóvel, como se fosse feito de bronze. Como se não tivesse imaginado que alguém pudesse lhe dirigir a palavra, completamente inerte, sem mexer nem sequer as sobrancelhas, como se estivesse surpreso com sua própria situação, o homem não fez mais do que olhar fixo para Ayami.

Ayami estava paralisada. Sem saber como, suas mãos foram ao encontro das dele. As mãos se sobrepuseram. Um tremor inesperado percorreu o coração de Ayami. Ela sentiu seu físico ser tomado por uma emoção extremamente forte, porém inexplicável. Uma emoção que a tomava além da vontade e da consciência.

Eu sou emoção, ouviu algo sussurrar dentro dela. Não sou nada além de emoção.

O que está acontecendo, disse Ayami movendo os lábios, sem, porém, emitir som algum pela boca.

Então, o homem moveu os lábios. E disse em voz baixa, porém em tom decidido: "Eu tenho que entrar! Por que está me botando para fora?". O homem não parecia ter bebido, mas nesse momento em seu olhar havia uma loucura brusca e insólita. Sem perceber, Ayami recuou um passo, mas no íntimo pensou que era estranho ela conseguir entender tão claramente o sussurro, não muito alto, do homem do outro lado de uma porta grossa de vidro. Com a voz trêmula, contudo sem intenção, ela disse que o horário de funcionamento do teatro tinha terminado. Sem ter certeza de que o homem seria capaz de ler lábios, ela fez o máximo para pronunciar com clareza: "Acabou, acabou". Então o homem fez um grande gesto com a mão cerrada em punho, como se fosse bater na porta de vidro. E, ainda com a voz quase inaudível, sussurrou: "Isso não vai ficar assim. Eu vou matar vocês!".

Com certeza, esse homem desconhecido estava confundindo Ayami ou o teatro com outra pessoa ou outro lugar. Mesmo quando os porteiros finalmente chegaram para arrastá-lo para fora, ele continuava com os olhos fixos em Ayami, xingando, sem a mínima intenção de deixar o local. Os olhos do homem nervoso estavam completamente vermelhos, e davam a impressão de que ele lançava feixes de luz pelos olhos, por isso era impossível para Ayami continuar olhando para o seu rosto. Ao desviar o olhar, ela pensou: quantos anos será que ele tem? Trinta e dois? Cinquenta e seis? Será que ele nasceu louco ou ficou louco de um tempo para cá? Magro e esguio, vestindo uma blusa marrom-clara e calças, uma camisa xadrez com os botões de cima abertos, o homem tinha o andar debilitado e desequilibrado, uma expressão facial franzida e a testa enrugada — sinais tácitos de infelicidade marcados em todo o corpo, signos característicos de uma pessoa fracassada. O pesado pomo-de-adão do homem subia e descia de maneira irregular, sua pele era plúmbea e ressecada como o deserto, e seu olhar luzia, peçonhento. "Ah, será que eu conheço esse homem?" Ayami sentiu que não podia mais confiar em sua própria memória.

E os tênis azuis do homem. O sussurro claramente visível do outro lado do vidro. Os olhos com nítidos traços vermelhos, lábios secos, uma forte emoção indescritível. Emoção que dilacera, desfaz e despedaça o coração, mas que estranhamente leva o âmago às profundezas.

"Eu sou emoção".

E ninguém tinha prestado atenção, mas havia um automóvel azul passando alheiamente por trás dele. Uma mulher de meia-idade estava sozinha no banco do motorista, trajando um vestido colorido de verão e com um pano, parecido com uma toalha, enrolado no pescoço. Ela falava ao telefone, segurava o aparelho colado ao ouvido com uma mão e dirigia com a outra. Olhou de soslaio para o homem que se debatia em frente à porta de vidro, mas não parou o carro porque aquilo não tinha nada a ver com ela. Uma pessoa segurando uma gaiola de pássaros, com um filhote de gato dentro, grudou o corpo na parede do outro lado da rua para se desviar do carro dela. Tratava-se de um missionário bastante conhecido nesta rua, pois enfiava furtivamente bilhetes com versos bíblicos no bolso das pessoas que passavam perto dele, tendo sido confundido com um batedor de carteiras repetidas vezes, chegando até a ser levado pela polícia. Esperando o semáforo abrir no fim da rua, a mulher tirou, por um instante, a mão do volante e tomou um gole de água da garrafa, ainda falando ao telefone. O motor do automóvel e o ar-condicionado roncavam, soltando ruídos constantes.

"Ah... devagar, meus dedos deslizam para dentro da sua calça. Eles continuam quentes. Porque estavam até agora enfiados entre meus lábios inchados e úmidos. Aquele meu lugarzinho está todo molhado de xarope de pêssego morno. Desabotoe o cinto da calça. Espere, não tire a calça toda. Fique do jeito que está porque eu só quero sentir seu pau sem ainda olhar para ele. Fique do jeito que está... Devagar... Feche os olhos e imagine... sua escrava depravada ajoelhada diante dos seus olhos."

E um leve gemido. A mulher estava fazendo sexo pelo telefone enquanto dirigia. Ayami olhou atônita para aquela mulher que executava simultaneamente duas tarefas que exigiam o máximo de concentração. Mas, temendo que ela emitisse palavras obscenas chegando ao auge do ato, Ayami virou o rosto. Os dois porteiros levavam o homem para fora do estacionamento, arrastando-o pelos braços.

Mesmo depois de o homem desaparecer, Ayami permaneceu ali por um bom tempo, como se estivesse pregada ao lugar.

O telefone tocou. Era o telefone da biblioteca.

Era a professora de alemão. Ayami perguntou pela saúde dela.

"Estou tomando remédios, muitos remédios", disse a professora de alemão. "Na verdade, não pago quase nada pelos remédios porque estou participando de um grupo de teste para um novo medicamento que o hospital está pesquisando. Ainda não senti nada que possa ser chamado de efeitos colaterais, exceto pelo fato de eu estar dormindo mais nos últimos tempos."

Por que será que estou com a sensação de estar lendo os lábios da pessoa que está do outro lado da linha?, Ayami estranhou. Mas a estranheza passou assim que se lembrou de quem era aquele homem.

"Ele esteve aqui", disse Ayami.

"Ele? Quem?"

"Aquele homem, o vendedor com quem cruzei várias vezes na sua casa..."

"Mocho Cego, aquele homem não é vendedor. E eu já lhe disse que acho que ele gosta de você!" A professora de alemão chamava Ayami pelo nome dos personagens dos livros que estavam lendo. Ela fazia isso porque não gostava do nome Ayami: além de muito estranho, ela o achava asqueroso e não queria pronunciá-lo, como dissera claramente a Ayami. E, da mesma forma, ela pediu que não a chamasse pelo nome. "Eu me recuso a chamá-la de Ayami. E também não quero, de jeito nenhum, que você me chame de Yeoni", dizia a professora de alemão.

"Mocho Cego, você, além de jovem, é uma mulher muito bonita. Deve ser por isso que ele foi vê-la... Não há nada de estranho no fato de uma pessoa sentir falta de outra. Por acaso ele lhe trouxe flores?"

"Não era nada disso, muito pelo contrário. Ele ameaçou me... aliás, nos matar..."

"Você não deve ter ouvido direito. Ou então foi uma brincadeira e você não entendeu", a professora de alemão interrompeu-a gentilmente. Ayami segurou o gancho do telefone com força.

"Não é que eu não ouvi direito. Ele ficou um bom tempo falando do lado de fora da porta de vidro. É claro que eu não abri a porta. E quem é que brinca ameaçando que vai te matar?"

"Ele era um tanto diferente... Mas não era um pessoa violenta... Principalmente quando não há motivos para isso. E se você nem abriu a porta, como entendeu tudo o que ele disse?"

"Eu... apenas entendi. Parecia estar dizendo o que acabo de dizer, e, além de tudo, eu ouvi claramente."

"Não sei, não. Será que isso é mesmo possível?"

"Não me lembro exatamente, porque foi uma confusão, mas eu aprendi a ler lábios. Talvez seja por isso que eu tenha achado ter ouvido o que ele disse. Será que ele está enfurecido porque não o aceitamos nas aulas de alemão?"

"Acabei de lembrar que um dia esse homem disse que vocês se conheciam há muito tempo. Muito tempo mesmo."

"Isso não é verdade."

"Mas foi o que eu ouvi... Pelo menos se a memória não me falha. Vocês não eram apenas conhecidos, eram algo além... Acho que ele disse que era um relacionamento mais próximo. Muito mais próximo do que qualquer outro relacionamento, muito mais duradouro. A não ser que isso seja uma memória falsa criada pelo efeito colateral dos remédios."

A professora de alemão soltou um breve suspiro, cujo significado era indecifrável. Mas por que será que estou com a sensação de estar lendo os lábios dessa interlocutora do outro lado da linha?

"Bom, imaginei que você ainda não teria ido para casa", a professora de alemão voltou ao início do diálogo. "Liguei para saber se você pode me fazer um favor."

Ayami respondeu que sim, se pudesse.
"Será que você pode me ajudar, se tiver tempo, entre hoje à noite e amanhã de manhã?"
Ayami perguntou o que era.
"Há uma pessoa chegando ao aeroporto pela madrugada. Será que você pode ir buscá-lo? Mocho Cego, só posso pedir esse favor a você. É a primeira vez que ele vem à Coreia", a professora de alemão falou de repente com a voz séria.

***

Não havia nada de especial nas mensagens do livro de visitas, mas alguém — o livro nem estava completo ainda — tinha deixado um desenho na última página. Era um esboço a lápis feito com alguns traços. Um barco pequeno, raso, de formato simples, alongado e ágil. Uma pessoa erguida, em pé, no lugar de barqueiro. Mais do que uma descrição realista, aquilo estava mais próximo de símbolos semióticos representados em linhas simplificadas, mas havia ali habilidade e até uma espécie de austeridade. O barqueiro parecia ser mulher. Mas podia ser um homem magro de cabelos longos. Talvez ele(a) não seja o barqueiro, mas apenas uma pessoa em pé no barco. Pois o que a pessoa tinha nas mãos não era o remo, mas um pássaro.

A escuridão fluída e brilhante do início da noite de verão adentrou pelas persianas e foi se acumulando aos poucos no teatro.

Ayami se levantou, como quando aprendeu a nadar, em movimentos cuidadosos, porém inexperientes, abriu os dois braços, juntou os dedos e foi atravessando o palco da sala do teatro, em movimentos ondulados, meio peixe, meio plantas marinhas. Na verdade, não havia o que se podia chamar de palco no teatro. Havia uma escrivaninha em frente ao equipamento de som que era usado esporadicamente quando havia um convidado especial explicando a peça. O trabalho de Ayami consistia em se posicionar rijamente na entrada da sala para apresentar o nome da peça, o autor e dizer "Bem, então vamos começar a peça de teatro de áudio".

Sobre o palco (em frente à escrivaninha, o único espaço que pode ser chamado como tal), Ayami estava deitada de lado com os braços abertos. A plateia vazia a observava. Ela estava imóvel. Suas pálpebras cobriam-lhe as pupilas e seu cabelo, o rosto. Será que estava morta? Do alto-falante do rádio oculto, voltou a fluir a voz que sussurrava.

Previsão. Do. Tempo. Para. Pescadores. Mar. Direção. Do. Vento. Sudeste. Altura. Das. Ondas. Dois metros e meio. Altomar. Direção. Do. Vento. Sudoeste. Pouco. Nublado. Sul. Raro. Arco-íris. Específico. Lugar. Temporal. Geada. Direção. Do. Vento. Nordeste. 2. 35. 7. 81...

Ayami, que tinha marcado de se encontrar com uma pessoa às oito num restaurante próximo, lembrou-se do compromisso e, sem precisar da ajuda de ninguém, acordou dessa morte virtual.

Eram oito em ponto quando Ayami chegou ao "restaurante obscuro". O sol já tinha se posto, mas não estava ainda completamente escuro. Era aquela região sombria de fronteira entre o dia e a noite. As luzes pontiagudas do comércio preenchiam as ruas, brilhando como insurgentes. O corpo de Ayami, gelado pela climatização da estação de metrô, latejou de calor logo que ela abandonou o subsolo. Uma nuvem recém-formada se amontoava no céu como uma massa de cinzas. Ao entrar na estreita e longa ruela do "restaurante obscuro", por onde é impossível a entrada de automóveis, de tão estreita que era, a densidade do calor subiu drasticamente.

O primeiro espaço ao entrar no restaurante era uma sala de espera clara e iluminada anexa ao bar. Uma música de fundo fluía serenamente. As pessoas verificavam a reserva na sala de espera e tinham de escolher o cardápio. Os funcionários do caixa recebiam o pedido e repassavam para a cozinha. E as pessoas podiam esperar, tomando algo no bar, ou guardar os casacos e as bolsas em armários antes da refeição. Porque, dentro do restaurante, essas coisas podiam atrapalhar os outros e a si mesmo. A porta de madeira que dava acesso ao restaurante estava fechada. Depois de fazer o pedido, era por essa porta que se entrava no restaurante. Na frente dela, as pessoas, por mais que se recusassem a admitir, sentiam-se tensas. Algumas chegavam a derramar lágrimas. É porque aquela porta as levava para outro mundo, ou seja, para um mundo de sensações completamente diferentes das que conheciam.

Antes de entrar no restaurante, era preciso seguir à risca duas regras. Primeiro, o uso de qualquer tipo de dispositivo luminoso — lanterna, isqueiro, fósforos; aparelhos com telas luzentes como telefones portáteis, telas, computadores; tudo que era usado para acender cigarros ou até mesmo incensos — era vedado. Segundo, era proibido se levantar e andar pelo restaurante por conta própria. Isso porque, se não, corria-se o risco de trombar em outros clientes ou de atrapalhar o serviço dos funcionários. Sentindo vontade de fumar ou de usar o banheiro, era só chamar o guia, que estava sempre de prontidão. Era ele quem guiava os clientes.

Ayami foi informada de que sua companhia já havia chegado e estava dentro do restaurante. Assim que a porta se abriu, um denso negrume de nanquim cobriu sua vista bruscamente. O negrume possuía medidas físicas, e essa massa de medidas corria na direção dos olhos. Por isso, era mil vezes mais difícil se mover nessa escuridão absoluta. Isso porque havia necessidade de empurrar esse negrume com todo o peso do corpo a cada passo. Ali dentro, espalhava-se o som de ar-condicionado funcionando, de pessoas conversando e rindo, e o trincar de talheres e louças se fazia ouvir ao fundo, como em qualquer outro restaurante, com a exceção de que não se via nada. A escuridão era absoluta. Quando se entra no cinema depois que o filme já começou, há luzes da tela e linhas fluorescentes para guiar as pessoas, mas aqui era diferente. Aqui havia apenas escuridão total, mais escura que o interior de suas pálpebras, uma parede de carvão colossal erguendo-se à frente de Ayami, que teve que subir com a ajuda de uma escada.

"Sra. Kim Ayami?", a voz da guia, jovem como a de uma moça, fez-se ouvir.

Ayami disse que sim. Então a guia segurou de leve o seu pulso. A mão da guia passou de leve sobre o dorso da mão de Ayami e, com o dedo médio, permaneceu um tempo pressionando suavemente um ponto, como se lhe tomasse o pulso. A jovem guia cheirava a tecido de algodão engomado de maneira rústica. Os guias ou os garçons desse lugar eram totalmente cegos ou quase cegos, com a visão extremamente reduzida. Para eles, não havia diferença essencial entre o restaurante e o resto do mundo. Ayami seguiu a jovem guia e sentou-se na mesa.

"O espetáculo de hoje foi *O mocho cego*", Ayami foi a primeira a falar.

"Estou sabendo. A mesma peça a semana inteira", respondeu a voz do diretor. Essa voz era um pouco seca e repartida, de entonação irregular. Não era, de forma alguma, a voz de um ator.

"Estudantes e um professor de ensino médio vieram hoje. Parece que tinham de entregar um trabalho sobre a peça de áudio até a semana que vem", disse Ayami. Na escuridão, a voz de Ayami revelou uma identidade muito mais imperativa do que sob a luz. Era uma voz com físico. Sem ao menos perceber, as pessoas passaram a escutar a voz de Ayami da mesma maneira que um olhar se dirige à beleza de uma mulher sob o sol. Por um curto momento, eles permaneceram assim, sentindo os olhares alheios em si, achando essa sensação interessante. A jovem guia trouxe a sopa e o cesto de pão. Cheiro de pão quente. Apesar de não ser a primeira visita deles ao restaurante, a jovem explicou a composição da mesa, conforme o regulamento.

"O prato se encontra à sua frente. O garfo está à esquerda, o guardanapo e a faca, à direita. O copo de água e o de bebida estão à uma hora e o cesto de pão, às onze horas. A superfície do copo de água é lisa e a de bebida é ondulada. E a colher está bem em frente, às doze horas."

"No escuro, sempre seguro a colher com mais força do que o necessário, não consigo me livrar dessa mania", disse o diretor rindo, depois que a jovem se retirou. E voltou a perguntar: "E como foi o fechamento do teatro hoje?".

"Correu tudo bem."

"Que bom. Não houve nada de mais?"

Ayami pensou na confusão causada pelo homem, mas preferiu não tocar no assunto porque achou que não era tão importante assim.

"Eu não seguro a colher com muita força, mas... é estranho porque aqui eu não consigo ler seus lábios."

"Você geralmente lê os lábios antes de ouvir, é isso?"

"Às vezes, acontece de eu ler mesmo sem olhar. Mas sei que é difícil de entender."

"Será que é um lapso dos sentidos?", perguntou o diretor com uma voz séria, depois de uma pequena interrupção. "Mas... Ayami, o que você pretender fazer daqui em diante? Tem algum plano?"

"Não tenho nada concreto. Tentei em alguns lugares, mas ainda não obtive nenhuma resposta positiva."

"Você mandou uma carta para a fundação, como eu disse?", perguntou o diretor de maneira mais direta.

"Não", Ayami balançou a cabeça, mas, percebendo logo que não havia necessidade, interrompeu o gesto.

"Se você não tardar muito em mandar a carta, será melhor. Estou sendo sincero. Você é uma atriz jovem e de talento, além de ter trabalhado todo esse tempo no nosso teatro. Com certeza surgirão oportunidades quando a equipe de arte e cultura da fundação tiver novos projetos."

"Mas eu não sou mais atriz há dois anos", Ayami respondeu com um leve sorriso. "Além disso, você sabe melhor do que ninguém que meu trabalho no teatro podia ser executado por qualquer pessoa, e que não tinha nada a ver com artes cênicas."

"Uma vez atriz, atriz para sempre. Você pode ter tido um

outro trabalho para se sustentar, mas isso não muda o fato de você ser atriz. Porque, para mim, isso é vocação e não trabalho. Não é mesmo?"

"Mas isso é válido quando a gente mantém a alma..."

"Todos têm uma alma, não?"

"Mas essa alma será de qual tipo?"

Serviram o aperitivo. Ayami comeu seu prato achando que era pimenta em conserva, amêijoas secas e páprica fresca. Por um instante, eles se concentraram em mastigar devagar, sem dizer nada.

Pouco depois, Ayami disse: "Estou pensando em procurar um trabalho temporário".

"Temporário? Está falando de trabalho por hora?"

"Sim, isso."

"Pensa em voltar a trabalhar no restaurante?", perguntou o diretor com uma ponta de desconfiança.

"Pode ser que sim, mas não agora. Na semana passada, fui a uma entrevista para uma vaga na administração de uma universidade, mas visto que eles não deram retorno até agora, deve ser um não. Porém, antes de sair do teatro, a professora de alemão me pediu um favor. Talvez eu trabalhe como intérprete e secretária para um poeta que vem visitar a Coreia pela primeira vez. Mas nada é certo ainda, porque esse poeta tem de chegar e tomar a decisão final."

"Eu também lembro de ter ouvido isso. Estavam precisando de alguém para ajudar com a interpretação."

"Mas eu... no início eu recusei porque achei que não seria capaz de interpretar, mas ela disse que não havia problema porque não se tratava de interpretação de reunião. Que bastava procurar um local para ele se hospedar e procurar por locais de acordo com o que ele precisar."

"O que esse poeta estrangeiro vem fazer na Coreia?"

"Disse que era para escrever."

"Mas por que logo na Coreia?"

"Eu também fiz a mesma pergunta, mas ela só me disse que ele escolheu a Coreia 'por acaso'. Não é nenhum evento oficial, parece que ninguém sabe que ele está vindo."

"Então, talvez, seja para ver a professora de alemão. Para uma visita pessoal."

"No começo, também achei que era isso... Mas, se fosse esse o caso, por que a professora de alemão, a Yeoni, teria pedido para eu acompanhá-lo?"

"É provável que Yeoni comece a quimioterapia em breve."

"Ela me disse que estava só tomando comprimidos!"

"Não deve ter tido grandes efeitos."

"Ela disse que era um teste de um novo medicamento, que era muita sorte poder tomar esse remédio tão eficaz!"

"Ela falou com mais detalhes sobre esse novo medicamento?"

"Não", mais uma vez Ayami balançou a cabeça com força, porém inutilmente. "Ela disse que era confidencial. Que tinha assinado um termo garantindo sigilo até a comercialização do medicamento. Junto com um termo que os livra de toda responsabilidade em caso de efeitos colaterais. Que nem isso ela deveria me falar"

"De qualquer jeito, com a quimioterapia, Yeoni não deve estar em condições de se encontrar com quem que seja."

"Pode ser que não. Mas, vendo que o poeta vai escrever aqui, não deve voltar em tão pouco tempo assim."

"Nesse caso, então..."

"Então pode ser que se encontre com Yeoni em algum momento."

"Pelo que eu saiba, muito tempo atrás, quando estudou fora, Yeoni já trabalhou como secretária temporária para um escritor. Ela juntava e traduzia material para esse escritor que queria escrever sobre a Coreia. No fim, o escritor mudou de ideia e a obra ficou inacabada. Parece que ele era conhecido e sempre abria uma vaga temporária, de acordo com o tema do novo livro."

"Isso, secretária temporária. Acho que esse é o nome certo para esse novo trabalho. Mas eu não tenho tema nenhum."

"É o escritor que deve se preocupar com isso. Então, quando você vai começar esse trabalho de secretária temporária?"

"Amanhã bem cedo. Para ser mais exata, vou começar antes da virada desta noite, porque tenho de ir ao aeroporto ainda hoje."

"Na verdade, eu também me encontrei com um poeta hoje. É uma coincidência bastante curiosa", o diretor mudou de assunto. "Eu diria 'poetas', para ser mais exato."

"Hoje, na fundação?"

"Sim. Hoje, na fundação", talvez o diretor tenha assentido com a cabeça. "Não sei se você já está sabendo, mas a fundação criou um programa para patrocinar poetas. E o evento foi hoje. Eu não estava envolvido, mas acabei participando porque tinha ido à fundação me encontrar com uma pessoa da equipe de artes."

"Não estava sabendo do evento."

"Achei que você também soubesse..."

"Como é que eu vou saber, se não tem nada a ver com meu

trabalho? Além do mais, eu não conheço ninguém da fundação e nunca cheguei a pôr os pés ali."

"Ah, sim, você já tinha me dito isso, eu tinha esquecido."

"Então, os poetas estavam acompanhados das suas secretárias?"

"Secretárias!", o diretor soltou um berro, que soou como uma zombaria. O prato principal chegou nesse momento. O cheiro forte do bife de carneiro golpeou o nariz de Ayami.

"Secretárias!", exclamou novamente. Tateando, o diretor cutucou com cuidado o peixe com garfo e faca. Dava para sentir que estava com medo de encontrar uma espinha.

"Escute, Ayami. Eu nunca tinha ido a um lugar com tantos poetas assim. Nunca tinha tido motivo para isso. É claro que cheguei a ver de perto alguns escritores famosos em recitais ou palestras, e muitos outros mais em jornais. E quando estudei fora, cheguei a trocar algumas palavras com o poeta Ko Un que estava visitando a Europa. É claro que ele nem deve se lembrar."

"O poeta Ko Un estava com a secretária dele?"

"Não sei se ele tinha uma secretária ou não, mas me disseram que a mulher que o acompanhava era a esposa dele, e não secretária", respondeu o diretor secamente. "Pois hoje eu vi vários poetas reunidos num só lugar. Dezenas deles, todos de uma vez. No início, não achei que eles pudessem ser poetas. Porque mais da metade deles... Não sei como dizer, mas de qualquer jeito, a impressão que tive foi que mais da metade deles, na verdade a maioria, caso se aproximassem de mim dizendo ser comerciantes falidos que perderam casa e família na época da crise asiática, pedindo um pouco de dinheiro para comer, eu não ficaria nada surpreso. Essa era a aparência deles. Aparência não, eles tinham uma forma física que dava essa impressão, para ser mais exato."

"Não pode ser."

"É verdade. Essa foi sinceramente a impressão que eu tive."

"Então você quer dizer que as pessoas que se reuniram hoje na fundação são, assim, uma espécie de poetas hippies?"

"Nunca ouvi falar de um grupo chamado de poetas hippies. E não sei se existe uma escola literária com esse nome. Não sei que tipo de poema eles escrevem. Bom, dependendo do ponto de vista, eles podem ser poetas simples e comuns."

"Eu, de vez em quando, me visto de forma menos formal... Em dias de folga, quando não saio para trabalhar... Tipo jeans rasgados, camisetas velhas com a gola puída."

"Ayami, não estou falando de elementos tão concretos assim!"

"Então será que é pelo fato de os poetas não darem atenção para aparências civis? Além do escritor das peças de teatro, não conheço nenhum outro pessoalmente. E o escritor das peças de teatro estava sempre de jeans e camiseta, igualzinho aos atores. Mas, na verdade, além de escritor das peças de teatro, ele era ator e produtor do grupo. Ele nem tinha os cabelos compridos, pelo menos não mais comprido do que o dos atores. De toda maneira, ele não era diferente de nós. Mas, pelo que a gente pode ver em livros ou filmes, devem existir artistas que mostram sua originalidade através de roupas excêntricas, então acho que entendo que as pessoas tenham esse tipo de impressão."

"Não, Ayami, você não está me entendendo. Já disse que não se trata do modo de se vestir. Eles tentaram se vestir de maneira mais clássica, em outras palavras, o mais civil possível. E a maioria até se saiu bem."

"Qual era o problema então?"

"Digamos... O trabalho deles deve consistir em expressar em algumas palavras essas impressões que marcam nossa cabeça. Estou falando de poetas. Infelizmente, não nasci com esse dom. Mesmo assim, vou tentar. Em primeiro lugar, à primeira vista, quase todos eles, sem exceção, tinham as feições cinzentas, velhas e obscuras. E isso de maneira surpreendentemente densa. Não só as feições, mas as partículas de sentimentos que saíam de seu corpo físico também eram assim, a ponto de tomar conta e escurecer a luz do auditório onde eles estavam reunidos. Eu me lembro de cabelos acinzentados de cor desbotada, de costas recurvadas como as de um corcunda, de uma nuca sem vigor, das lentes reluzentes de óculos para miopia, do cheiro de tecido barato atacando o olfato, de olhos vermelhos de cansaço, pastas de couro sintético, músculos faciais endurecidos durante o longo período de fracasso e desgosto, além da feiura nata... e todos eles, sem exceção, tinham o físico mais franzino ou mais gordo do que a média, todos os tipos de aparência que simbolizam a pobreza, pés inchados enfiados nos sapatos prestes a estourar, ombros encolhidos e caídos, uma gota de saliva pendurada no canto dos lábios indigentes... Sim, eles... eles pareciam defuntos!"

"Se eu fosse poeta...", Ayami começou a falar, com uma voz pensativa. "Se fosse eu... é claro que eu não poderia nunca, e não teria nem talento nem intenção, mas mesmo assim, se eu fosse poeta, por mais que eu tivesse a mesma aparência, nada diferente de hoje, poderia muito bem ser vista do jeito que você acabou de descrever. Para você, eu seria descrita como uma mulher de aparência horrorosa, com o rosto bexigoso, detestada por todos, e assim, uma mulher viva, porém com aspectos mórbidos, que escreve poemas com base nessa energia negativa."

"Ayami, acho que está havendo um mal-entendido entre nós. Talvez me leve a mal pelo que vou dizer... mas isso não tem nada a ver com você. Além de tudo, você não é poeta. Você não precisa se pôr no lugar deles. Você é uma mulher ainda jovem, saudável, bonita e, ainda mais: você faz parte do futuro. Qual é o motivo para imaginar algo tão horripilante?"

"Eu não sou tão jovem assim. E nem sou bonita. E eu faço parte do futuro? É um verso poético? Isso me soa muito esquisito."

"Ayami, não precisa se preocupar tanto com a questão do emprego. Com determinação, você vai conseguir um trabalho, mesmo que leve tempo... Faça o que eu digo e mande uma carta para a fundação. Com certeza, terá uma resposta."

"Eu não estou sendo pessimista por causa do emprego. Isso simplesmente me veio à cabeça. Na verdade, a professora... Para ser sincera, desde que a professora de alemão parou as aulas por causa da doença, me sinto estranhamente deprimida de quando em quando."

"Yeoni vai ficar bem. Ela vai recuperar a saúde."

"Por que será que ela resolveu testar comprimidos desconhecidos em vez de fazer um tratamento com eficácia comprovada?"

"Ela deve acreditar que terá um efeito melhor. E, acima de tudo, os testes são completamente gratuitos."

***

"Ali eu conheci um poeta chamado Kim Cheol-sseok que me deu o livro dele de presente", disse o diretor para Ayami depois de um tempo.

"Cheol-seok Kim?"
"Não, Cheol-sseok, Kim Cheol-sseok."
"Não deve ser o nome dele de verdade, não é?"
"Eu também fiz a mesma pergunta e o poeta me disse que era um pseudônimo que ele mesmo tinha criado."
"E ele explicou por que criou um nome assim?"
"Disse que era o som de terra sendo jogada sobre o seu caixão."

Ayami não riu. Com cuidado, tateou o prato com o garfo e enfiou o último pedaço de bife de carneiro na boca.

"Ele também disse isto: que nunca tinha conseguido convencer alguém em toda a vida", continuou a voz do diretor. "Que, por essa razão, sempre que alguém vinha falar com ele, o mundo jogava uma pá de terra sobre seu túmulo em resposta. Por isso ele foi sendo enterrado cada vez mais fundo. Depois de dizer isso, o poeta riu, soltando um méééé como o dos bodes."

A jovem guia se aproximou sem fazer barulho e perguntou se eles queriam a sobremesa. Ayami respondeu que queria sorvete de nozes e o diretor, só café. O som de ar-condicionado que se espalhava pela sala parou de repente. E, em menos de um minuto, sufocantes partículas de calor se colaram, pesadas, à pele deles. Ayami sentiu uma gota de suor se formar atrás da orelha e escorrer por sua nuca.

"Foi um apagão momentâneo. Parece que foi o uso excessivo de energia", disse alguém que passava, no momento em que o som do ar-condicionado voltou a soar.

"Essas foram as últimas palavras dele", o diretor continuou. "Depois disso, eu estava saindo do auditório quando, atrás de mim, uma mão desconhecida fechou, com um estrondo, a porta que estava aberta até então. Porém, antes de a porta se fechar por completo, tive a sensação de que as luzes do auditório tinham sido apagadas. Não, para ser mais exato, senti como se todo o auditório tivesse desaparecido... Não é fácil de explicar... Talvez eles fossem ligar o projetor com filmes... Aquela sensação de se desfazer lá no fundo, sendo absorvido pela sombra embaçada, essa sociedade de poetas velhos calados que exalam um cheiro suspeito, onde ninguém olha para mim, será que eu estava falando sozinho entre imagens tridimensionais cuja forma se desvanece no momento em que alguém bate palmas? Rastros desses pensamentos imprecisos não saíram da minha cabeça, mesmo depois de eu ter deixado o auditório."

"Que tipo de poemas Kim Cheol-sseok escreve?"

"Não sei dizer, pois deixei o livro na sala da reunião. Só fui perceber depois que cheguei ao restaurante", a voz do diretor soava como um lamento, mas não parecia ser pelo livro. "Quando saí da reunião, parecia que o evento daqueles que nunca tinham conseguido convencer alguém na vida já terminara e já haviam esvaziado todo o auditório. Mas fiquei um bom tempo sem poder sair de lá."

"Por quê?"

"É que, de repente, percebi que eu, que tinha olhado para eles com desprezo no início, na verdade era o infeliz que nunca tinha conseguido convencer ninguém na vida. É como se eles fossem eu. Eu não estava no lugar errado, sentado com pessoas com as quais não deveria estar. Eles eram a ilusão de mim mesmo, por isso eu não tinha outra solução a não ser odiá-los.

Tinha falado com fantasmas, talvez meu futuro fantasma. Só fui perceber isso depois."

"Mas isso é tão importante assim?... Convencer os outros?"

"Cada um deve ter sua própria opinião sobre a importância disso, mas o fato em si era mais do que claro."

"Não terá sido... uma expressão poética? Aquilo que as pessoas chamam de metáfora, ou de expressões metafísicas. Por exemplo, termos como os *objetos* de Marx Ernst que voam silenciosamente no vazio. Objetos abstratos vestidos de realidade. Como o hiato entre o léxico e a imagem, nós estamos aqui, mas nossos fantasmas podem estar perambulando em algum deserto do Norte. Talvez isso não seja tão significativo quanto a linguagem em si. Conseguir convencer os outros ou não... Será que a diferença entre uma pessoa amada e reconhecida pelos outros e a que não é pode ser tão decisiva e importante no mundo do ego quanto é no mundo da linguagem e do conceito?... Porque..."

"Por quê?"

"Como você disse, nós não somos poetas. Nossa vocação não é convencer os outros com palavras. Se alguém quiser jogar terra na nossa cara, é só virarmos o rosto e continuarmos em frente. Como um pastor de Altai. E é exatamente assim que estamos vivendo todos os dias."

"Mas será que isso não vai nos isolar demais? Se não pudermos convencer uma pessoa sequer, se não pudermos convencer ninguém, e se ninguém der atenção para o nosso túmulo, isso quer dizer que teremos de virar a cara e andar sozinhos até muito longe. Ainda por cima, sem saber para onde estamos indo. Talvez tenhamos de passar a vida inteira no deserto, olhando apenas para as ovelhas e as estrelas. As estrelas nascem e morrem, assim como as ovelhas. Portanto, você dirá que nada no mundo muda. Mas, mesmo assim, se não tivermos ao menos a triste consciência de que não conseguiremos convencer ninguém, tudo é muito solitário, Ayami."

"Então temos de convencer os outros por causa da solidão?"

"É porque solidão quer dizer o mesmo que fracasso. Significa pelo menos que não consegui executar a espécie de missão que me foi confiada. Um exemplo concreto é que eu não consegui impedir o fechamento do teatro."

"Isso não estava ao alcance de um simples indivíduo. Foi uma decisão da fundação."

"Além disso, eu fracassei em convencer minha mulher... Não consegui desatar nenhum dos nós que existem entre eu e ela. Esses nós vão continuar me guiando, tecendo minha vida... Como se minha vida sempre tivesse sido assim. Sim, minha mulher não quer mais me ver. Eu entendo que ela não goste de mim. Ela me odeia mais do que tudo neste mundo. Superficialmente, deve ser por causa da minha incompetência e do meu silêncio, mas o verdadeiro motivo é pelo fato de eu ter me casado com ela e tê-la trazido para fazer parte da minha vida. O ódio que ela sente por mim é de cunho irreversível. E eu não podia fazer nada ao lado dela. É assim que serei derrotado pela minha própria vida, depois que ela passar por cima de mim e me derrubar, como parte desse mundo inalterável."

"Você se lembra que é possível encontrar um significado para o destino de cada indivíduo, mas o destino de uma centena de pessoas é menos significativo, enquanto milhares e milhões de histórias de vida são insignificantes em toda e qualquer situação?"

"Isso é a solidão. Ayami, eu sou uma pessoa muito comum. Não se pode dizer que eu seja uma pessoa do tipo daquelas retratadas na obra de Marx Ernst. Durante toda a minha vida, sempre segui o caminho por onde passa a maioria das pessoas. Tive medo de ficar sozinho. Pensando bem, não está claro se aquilo que eu temia de verdade era a solidão ou a insignificância. De qualquer jeito, quase nunca consegui convencer as pessoas. Aquele cheiro de periferia que exala das pessoas cujo trabalho é irrelevante, eu sei muito bem que esse cheiro está impregnado em mim. E... um exemplo mais concreto...", o diretor parou por um instante. "Você não vai me deixar de verdade como escreveu na carta, não é mesmo?", ele disse com a voz apagada.

***

A pessoa que esbarrou em Ayami na escuridão murmurou um pedido de desculpas com a voz enrolada. Sua pronúncia não era clara, como se falasse com um cachecol, ou com a manga, na frente da boca. Ele passou por Ayami exalando um leve cheiro de gato em suas roupas. Ou talvez um cheiro de fuinha ou de texugo.

Ayami estava sozinha no espaço para fumantes do jardim. Arbustos descuidados de hortênsias ressecadas se emaranhavam ao longo do muro. Ela estava sentada observando sua própria sombra, grande e oscilante, projetar-se sobre o muro.

Ayami quase não tinha lembranças da infância, porém um episódio permanecia nítido, como a ponta de uma ilha submersa nas profundezas do esquecimento. O desaparecimento do farmacêutico do vilarejo. Um dia, o jovem farmacêutico, melancólico e de poucas palavras e, por isso, sem amigos, simplesmente desapareceu. Diziam que ele tinha deixado uma carta, na qual explicava que estava farto do mundo e por isso partia em busca do budismo. Ele tinha uma esposa jovem, com quem se casara havia apenas seis meses. Na época, ela estava grávida. E havia também o auxiliar da farmácia. O auxiliar, de uns 30 anos, era simpático, de conversa fácil, responsável pela administração do estabelecimento porque levava jeito com as vendas, ao contrário do farmacêutico. Foi ele quem ajudou a jovem esposa atônita a vender a farmácia. E foi ele quem liquidou os medicamentos — embora isso fosse certamente ilegal — a preço módico. Mas, depois de algum tempo, ouviram-se rumores. Na verdade, dizia-se que o farmacêutico, ao invés de ir para as montanhas para se tornar um monge budista, teria sido morto com um prego no alto da cabeça enquanto dormia, e seu corpo estaria escondido no telhado da casa. E que o bebê que a jovem esposa carregava no ventre não seria do farmacêutico. A polícia reviroua casa toda, arrancou até o telhado, mas não encontrou nenhum rastro suspeito. Um dia, o auxiliar de farmácia deixou para sempre o vilarejo com a esposa do farmacêutico. Ninguém sabia para onde eles tinham ido, da mesma forma que se desconhecia de onde eles vinham.

***

"Está submersa em quais pensamentos, Ayami?", disse o diretor, enquanto se aproximava dela, colocando um cigarro na boca.

"Pensando em quem terá me dado o nome, no início de tudo."

"Você não deve se lembrar. Porque, quando eu lhe dei esse nome, você era uma bebê do tamanho da palma da minha mão", brincou o diretor, sorrindo. Sem perceber, Ayami enfiou a mão no bolso e encontrou um bilhete, o qual leu em voz alta:

"O tempo é escasso. De agora em diante, aqueles que têm esposa, vivam como se não tivessem; aqueles que choram, vivam como se não chorassem."

"É a mensagem mais beata vinda das trombetas de anjos que ouvi nos últimos tempos", o diretor murmurou secamente, sem sorrir.

"É a mensagem do missionário ambulante transmitida na escuridão. Nem percebi que ele tinha enfiado isso no meu bolso. É um homem leve e ágil, como um batedor de carteiras." Depois de um momento de silêncio, Ayami voltou a falar. "Penso que seria bom escrever histórias para crianças, se eu tiver a chance."

"Você pode realizar esse tipo de sonho mais tarde e com mais calma. No momento, você precisa de uma renda fixa. Se não, como é que você vai pagar o aluguel no mês que vem?"

"Você esqueceu? Eu fiquei de trabalhar para um poeta estrangeiro como secretária temp..."

"Como já diz o nome, esse tipo de trabalho é apenas temporário! E, francamente, você nem tem um contrato dizendo quanto, quando e como esse poeta vai pagá-la! E se ele chegar ao aeroporto e disser, depois de dar uma olhada ao redor: 'ah, não gostei daqui, é melhor eu ir para outro lugar', virar as costas e ir embora? Como é que fica, então?"

Ayami encolheu o pescoço discretamente. "Eu não cheguei a pensar até aí."

"Por favor, é que eu não quero que você passe a fazer parte do meu tipo de gente."

"Que tipo?"

"Do tipo invisível."

"E como é isso?"

"Gente fracassada, do tipo que não consegue convencer os outros."

"Não diga isso. Se ouvirem que você e eu somos do mesmo tipo de gente, as pessoas vão rir. Estou dizendo no sentido inverso do que você pensa. Você sempre me convence."

"Mas, se você partir, não poderemos dizer que a convenci", e o diretor aproximou seu rosto do de Ayami. "E, mesmo que uma mulher diga que ficará mais, isso não vai mudar em nada, porque não terá sido por causa da minha persuasão." Dava para ver os lábios dele gesticularem. Não as palavras em si, mas cada uma das sílabas fragmentadas produzidas por esses lábios.

"Já contei que fui motorista de ônibus no passado?"

"Não, você nunca me disse que foi poeta no passado."

"Então será que eu já disse, que além de escritor de peças de teatro, eu era ator e produtor? E também que, num passado remoto, eu era farmacêutico de um vilarejo?"

"Não, você nunca me disse que era meu pai, um vendedor ambulante de frutas."

Os lábios do diretor se moveram lentamente.

"E será que você não se esqueceu do que eu escrevi na carta? Que eu já tinha decidido deixá-la há muito tempo, há muito mais tempo do que você imagina? E que por isso, praticamente, na realidade não estamos mais juntos?"

Em meio à atmosfera sem uma corrente de vento sequer, a saia de Ayami drapejou como um velho pano de prato. O prato de cerâmica, que servia de cinzeiro, caiu do canto da mesa sobre o chão de cimento e se partiu em dois pedaços com um trincar agudo. O movimento da saia de Ayami deixou à mostra um par de panturrilhas magras com tendões salientes, pés pateticamente pequenos e sapatos que brilhavam como novos, mas pareciam usados — porém, nas sombras do quintal escuro, tudo isso permanecia desconhecido. O diretor tinha o rosto magro, as órbitas oculares profundas como grutas e os lábios ressecados. Era possível ver com nitidez as veias capilares vermelhas riscando suas escleras. Ele devia ter feito a barba pela manhã, mas naquela hora, quase de noite, seu queixo tinha voltado a ficar escuro, como uma sombra. Os olhos do diretor estavam completamente vermelhos, dando a impressão de que lançava feixes de luz pelos olhos, por isso era impossível para Ayami continuar olhando para o rosto dele. Ele exibia sinais tácitos de infelicidade marcados em todo o corpo, signos característicos de uma pessoa fracassada. O pesado pomo-de-adão do diretor subia e descia de maneira irregular, sua pele era plúmbea e ressecada como o deserto, e seu olhar luzia, peçonhento.

Ah, será que eu conheço esse homem? Como se tivesse sido atingida por um raio, Ayami sentiu uma forte vertigem, sendo empurrada abruptamente para o passado.

***

A pequena Ayami estava andando pela rua quando encontrou uma pedrinha azul, apanhou-a e viu uma fenda profunda aberta na parte de baixo. Essa fenda (segundo alguém lhe dissera), dava para o mundo do outro lado do espelho, que existia simultaneamente a esse. Do outro lado da fenda, toda escura, vivia outra Ayami, num outro mundo. Havia, nesse mundo, uma cidade, uma janela, um rio, uma ponte, carros rodando, um templo budista em cujo quintal havia uma velha com o rosto muito marcado pela varíola jogando grãos de arroz brancos às galinhas. Aquela era a Ayami do futuro ou a do passado. Era também as duas, existindo simultaneamente. Naquele mundo, Ayami era a galinha e também a velha. Era o segredo da noite e do dia concomitantes. Ayami encontrou-o num só gesto. E, tendo se lembrado daquilo com mais nitidez do que de si mesma, acabou se esquecendo de todo o resto.

***

"Acho melhor ir para a casa da professora", Ayami abriu a boca depois de duas horas. "Liguei dezenas de vezes, mas ela não responde."

"Será que ela não está viajando?"

"Mesmo assim, ela tem de atender ao telefone, pois me disse para ligar hoje à noite, que me daria mais informações sobre o poeta que vai chegar ao aeroporto. Disse que eles se conheceram num trem, porque, por coincidência, estavam sentados um do lado do outro."

"Então vou com você."

Eles pegaram um táxi. O táxi percorreu as ruas da noite profunda. As luzes da cidade ondulavam como fitas coloridas na janela do automóvel, como um vídeo em câmera lenta.

Como a ruela da casa de Yeoni era estreita demais, eles desceram do táxi e subiram a pé. A ruazinha estava tomada pela escuridão, sem um pingo de luz sequer, e nas casas, encolhidas como construções mortas, não havia sinal de vida de moradores. O odor desagradável e quente, exalado pelas paredes de cimento imundas, persistia mesmo a essa hora tão tarde da noite. Cenas triviais e melancólicas de um bairro pobre, como a luz de um pequeno abajur de quarto, gargalhadas vindas da TV, vozes de uma família conversando, o cheiro do jantar tardio cozinhando no fogo, confusão causada por brigas de casal, gritos estridentes de crianças e bêbados, sumiram sem deixar rastros pelo caminho.

A iluminação da rua não estava funcionando e não havia nenhuma loja, nem mesmo uma vendinha por perto.

Eles subiram a rua de mãos dadas, afastando de si o ar pegajoso.

"Mas que tipo de história para crianças você quer escrever?", perguntou o diretor, como se tivesse se lembrado de repente.

"Uma história misteriosa e secreta, com personagens comuns."

"O que você quer dizer com personagens comuns?"

"Uma princesa cega, um cavaleiro valente que aparece vestido de cisne, um dragão mau e um feiticeiro", disse Ayami, um pouco ofegante.

"Não consigo nem imaginar essas coisas, porque nunca li uma história para crianças assim", respondeu o diretor sem grande entusiasmo. "Isso quer dizer que nunca gostei desse tipo de história."

"De que tipo de história você gostava então?"

"Histórias de aventura que nunca aconteceriam comigo ao longo de toda a minha vida. Histórias de piratas, malfeitores, assaltantes e ladrões. Robin Hood ou Peter Pan, por exemplo."

Eles finalmente chegaram à frente da casa de Yeoni. Aquele lugar também estava com todas as luzes apagadas. Eles permaneceram ali por um momento, um pouco ofegantes.

"Ela disse que as pessoas estavam se mudando do bairro. Parece que o local foi selecionado para um projeto-piloto de revitalização urbana", explicou Ayami para o diretor, que nunca tinha vindo ali.

"Será, então, que ela se mudou essa noite?"

"Não pode ser. Ela certamente teria me dito, se fosse o caso."

Eles empurraram o portão e entraram no quintal minúsculo, quase tão pequeno quanto a palma de uma mão. Como o estreito quintal era côncavo, extremamente escuro, além de conter um monte de coisas empilhadas, eles tiveram de andar passo a passo apalpando o negrume. O diretor bateu à porta de Yeoni.

Ninguém respondeu. Ninguém acendeu a luz ou deu sinal de vida.

Observando minuciosamente com os olhos bem abertos, dava para ver uma família de gatos mortos e deitados um ao lado do outro entre caixas de papelão vazias num canto do quintal.

"Abra a porta", disse Ayami sussurrando. "A professora sempre deixa a chave debaixo desse vaso." O diretor abriu a porta com a chave que encontrou. A porta dava direto para a cozinha. Gotas de água pingavam da torneira num balde de lata. Os pingos batiam no teto de cimento e ressoavam enormemente nessa escuridão úmida e fria. Ayami ligou o interruptor da parede, mas a luz não se acendeu.

"Pelo jeito, é um apagão no bairro inteiro", reclamou o diretor. Eles passaram pela cozinha e entraram no único cômodo da casa.

Não havia ninguém lá dentro. Eles se moveram devagar, tateando. Quando os olhos se adaptaram de alguma forma à escuridão, Ayami viu o frasco de comprimidos azuis sobre a mesa, do mesmo jeito que estava antes. Verificou que o rádio amarelo em formato de caixa continuava sobre a prateleira e *O mocho cego*, no mesmo lugar da estante. A vela perto da janela também seguia no mesmo lugar de sempre. Sobre a mesa, ao lado do frasco de comprimidos, havia um lápis e um pedaço de papel, como se alguém tivesse sido interrompido enquanto escrevia uma carta, e à cabeceira da cama, o livro, que elas ainda não tinham começado a estudar, aberto. Ayami leu o título em voz baixa.

"*De onde viemos? O que somos? Para onde vamos?*"

"O quê?"

"É a coletânea de peças dramáticas que a professora escolheu para lermos depois de *O mocho cego*."

Eles saíram daquela casa e ficaram pasmados, sem saber o que fazer. Será que ela tinha saído por um momento?, Ayami sugeriu perguntar à casa vizinha. Se houver alguém morando ali, é claro. Pelo que ela se lembrava, era a família do dono que morava do outro lado do quintal, mas agora parecia não haver ninguém. Olhando demoradamente pelo vidro da janela sombria, dava para ver uma sala de estar erma. Um abajur caído, cabides de metal, um pano de chão e um guarda-chuva do tamanho de um guarda-sol de praia rolando pelo chão. Um traço de fedor esfumaçado, estático, um cheiro de metal desconhecido, pobre, escuro, pesado, nada claro, sufocante em estado incógnito, morto há muito tempo, e, acima de tudo, insuportavelmente quente.

"Vamos sair desse lugar", o diretor segurou o braço de Ayami. "Eu vi uma unidade policial no bairro lá embaixo. Vamos perguntar ali."

Eles voltaram a descer a ruela. O caminho de volta não era nem um pouco diferente do da subida, exceto pela mulher de meia-idade, que não tinha sido vista na subida, sentada sozinha num banco em meio à escuridão. Segurando um leque, a mulher estava com a anágua de tecido fino enrolada até a cintura. No momento em que eles passaram por ela, bem à sua frente porque a rua era estreita, ela, aparentando ter um pouco mais de 50 anos, estava concentrada em abanar o leque, coçando vigorosamente o meio das virilhas sem roupas de baixo. A escuridão entre as coxas da mulher era excessivamente densa. A mulher levantou o rosto todo marcado pela varíola na direção deles. Por trás dela havia uma placa pregada no portão, com a palavra hospedaria escrita à mão sobre um pedaço de madeira.

Como disse o diretor, as luzes da unidade policial na esquina reluziam ladeira abaixo. Eles entraram na unidade. Lá dentro, encontraram um policial jovem e um mais velho, igualmente fardados, sentados meio de lado. Ao chegarem mais perto, deu para perceber que, na verdade, eles estavam adormecidos, com os olhos semicerrados. Sobre o banco dentro da unidade, um homem bêbado dormia deitado, escondendo o rosto com uma máscara branca. A despeito do tempo quente, ele vestia um casaco longo de mangas largas. A seus pés, havia uma gaiola de pássaro com um filhote de gato adormecido. Debaixo da sinistra iluminação do local, tanto a cara quanto o uniforme dos policiais tinham uma cor que se aproximava do verde acinzentado.

O diretor bateu na mesa de madeira com o dedo. O policial jovem, movendo lentamente as pupilas desfocadas e sem levantar toda a pálpebra, perguntou com a cara o que eles queriam. Eles explicaram a situação e perguntaram se era possível registrar Yeoni como pessoa desaparecida, nesse caso. O policial jovem perguntou se eles eram familiares e os dois responderam que não. "Então não sabem há quanto tempo a pessoa não volta para casa, certo?", retrucou o policial, desinteressado.

"Na verdade, nós nos falamos pelo telefone à noite, mas desde então não consigo mais falar com ela, então fomos até sua casa e não havia ninguém...", Ayami explicou com cautela. "Além disso, não havia ninguém no bairro inteiro e tudo estava estranhamente escuro."

"É mais do que normal que à noite as ruas estejam vazias em bairros residenciais. Além disso, as pessoas deste bairro geralmente têm que sair para de manhã bem cedo para dar duro no trabalho. Eles têm que se deitar cedo", o policial respondeu com desdém. "Então quer dizer que você foi até a casa da sua amiga e ela não estava lá. Ela não estava mesmo? Pode ser que ela não tenha ouvido a campainha ou não queria abrir a porta no meio da noite. Além disso", o policial apontou para o relógio pendurado na parede, "é quase uma da manhã. Se você vier querendo reportar o desaparecimento de alguém a essa hora só porque tudo está quieto e sem luz, fica difícil para a gente."

"Mas a casa dela estava vazia..." Olhando para o diretor de soslaio, Ayami não terminou a frase, pois não se sentia segura em dizer para o policial que ela tinha entrado na casa de Yeoni. Mas o diretor estava calado, em pé, debaixo da sombra na parede.

"Ela deve ter dado uma saída", disse o policial jovem, já não escondendo mais seu desinteresse.

O bêbado mascarado continuava dormindo feito pedra, sem se mexer, bem como seu gato.

***

Assim que eles deixaram a unidade policial, encontraram uma grande rodovia acinzentada de pista dupla que fluía em duas correntes. Um ônibus branco percorreu a avenida deserta em alta velocidade, com a luz interior acesa. Lá dentro havia várias mulheres sentadas em postura ereta ao redor de uma grande mesa, lendo um livro, enquanto um monge budista, vestido com seu manto, estava sentado de olhos fechados no canto mais escuro dos fundos.

Por um momento, eles perambularam as ruas, sem rumo. A sirene de uma ambulância, não visível aos olhos, parecia rasgar-lhes os ouvidos. Finalmente, Ayami disse: "Deve ser algum acidente de carro". Junto com essas palavras, a sirene foi se afastando como se fosse enterrada na escuridão.

Eles ficaram um tempo ali, parados, em pé, olhando fixo para avenida vazia, sem nada.

"Acho que nos precipitamos. Talvez a professora tenha ido ao hospital. Ela não disse nada quando nos falamos à noite, mas pode ter se sentido mal", disse Ayami.

"Para qual hospital será que ela foi?"

"Não sei."

"Isso, deve ser isso mesmo... Agora estou mais aliviado."

Os dois atravessaram juntos a passarela, cujas lâmpadas estavam completamente apagadas. Eles eram seus únicos pedestres. Por baixo, cardumes de peixes cintilantes da noite apareciam e desapareciam rapidamente enquanto nadavam pelo fluxo da noite mergulhada nas trevas. A passarela ondulava como um barco sobre as ondas. O ônibus que tinha passado há pouco corria em alta velocidade sobre o elevado do outro lado da passarela. Ele parecia querer findar a noite rodando um pedaço da cidade em alta velocidade, como um cavalo de corrida na pista.

***

Eles estavam em pé no meio de uma gigantesca cidade quadrada e, por coincidência, todos os seus moradores se encontravam ao mesmo tempo adormecidos. Eles não conheciam o paradeiro da pessoa desaparecida. "Segredo" era o nome dessa cidade. Onde todas as janelas se encontram fechadas no negrume, onde todas elas se calam, onde todas elas são invisíveis e se encontram em profunda meditação. A praça da estação, na qual havia uma estátua envolta nas sombras, pairava diante deles como a superfície da lua. Estaria passando um trem lá longe? A bandeira hasteada se encontrava alçada mesmo sem vento. Uma chaminé infinitamente elevada por entre a nuvem azul cinza, um trem noturno parado na linha de espera, a estátua de um general de nome desconhecido — e a rua das galerias vazia.

O choro da coruja branca, a luz alva do raio que corta o céu, um carrinho ambulante coberto de lona preta — e nenhum sinal de defuntos, em lugar nenhum.

"Parece que estou mergulhada num sonho", disse Ayami sobre a passarela da noite. "Para onde vamos?"

"Comprar vinho", disse o diretor com a voz cheia de confiança. "Temos que brindar."

"Brindar o quê?"

"Pelo fato de Yeoni, sua professora de alemão, estar sã e salva e pelo nosso recomeço!"

"Não faz sentido nenhum."

"Yeoni deve estar bem. Com certeza ela foi ao hospital."

"A professora pode estar bem, mas você sabe muito bem que não há nenhum recomeço entre nós."

"Você esqueceu da nossa promessa? A promessa de nos reencontrarmos no declínio das nossas vidas! Pois então vamos para a Tailândia!"

"Nunca ouvi falar de anciãos terem se tornado felizes depois de ir à Tailândia atrás do elefante do crepúsculo. E eles provavelmente... não devem ter ido para a Tailândia de verdade."

"Não seja tão pessimista... Onde quer que seja, eles devem ter encontrado o elefante e isso deve ter respondido a todas as suas perguntas."

"E onde vamos comprar vinho a essa hora?"

"Deve haver uma loja que funcione a noite toda, já que estamos na praça da estação."

Assim que o diretor terminou de falar, como mágica, uma luz se iluminou de uma das lojas da galeria da estação. Uma única luz, uma singela vela, pequena e sublime, tremeluzia em campo aberto. Os produtos reluziam em cintilantes luzes brancas por trás da parede de vidro. Ayami exclamou:

"Você parece um feiticeiro de verdade."

Ela sorriu, olhando para o diretor. Descendo rapidamente as escadas da passarela, o diretor gritou: "Pode vir com calma. Eu vou escolhendo o vinho!". Ele correu para a praça, sacolejando os dois braços.

"Eu vou com você! Não se apresse tanto!", Ayami gritou em direção às costas dele.

De repente, o diretor parou no meio da praça e levantou os braços para o alto. "Não quero que essa sensação boa se evapore! E você tem que ir para o aeroporto! Não temos tempo a perder!" Seus cabelos pretos esvoaçaram, deixando-lhe a testa branca à mostra. Sua gigantesca sombra se projetava sobre as pedras brancas do pavimento da praça deserta, parecendo uma estátua viva.

Depois de verificar que Ayami desceu todas as escadas da passarela, ele virou e correu em linha reta em direção à luz da loja. Ayami caminhava devagar.

A imagem do diretor desapareceu, sorvida pelas claras luzes da loja, e em seguida, apareceu à vista de Ayami um homem que atravessava a avenida em direção à praça. Naquele instante, Ayami pensou que aquele homem era o mesmo louco que tinha vindo ao teatro na noite anterior. Mas não podia ser. Não no sentido de não haver possibilidade de que aquele homem aparecesse na praça, mas não havia como reconhecer uma pessoa só pelo contorno da sombra, no meio do turvo negrume.

O homem andou sobre a grade de ventilação do metrô no canto da praça. Vestindo roupas leves, ele mantinha os braços afastados do tronco, sacolejando as mãos livres em passos vigorosos. Andou sobre a iluminação verde instalada no chão. Andou seguindo o canteiro de flores pintado de branco, andou na sombra da estátua erguida sobre o alto pedestal. Ayami parou de andar. Será que era apenas um homem querendo atravessar a praça no meio de sua caminhada noturna? O homem também parou de andar. Por um tempo, eles permaneceram olhando um para o outro de longe.

Ayami sentiu que o homem tinha levantado a mão para cumprimentá-la, hesitando um pouco. Na verdade, Ayami não tinha boa visão. Não havia como reconhecer em detalhes todos os gestos de um homem do outro lado da praça enevoada. Nesse momento, o homem mudou de direção de repente. Deu meia-volta e seguiu em direção à avenida, como se sua única missão fosse cumprimentar Ayami.

Naquele mesmo instante, o ônibus branco descia o elevado a toda a velocidade. O ônibus corria cada vez mais rápido, em velocidade maior.

Milagrosamente, o ônibus parou bem em frente ao homem — por incrível que pareça, não se ouviu nenhum ruído de freios ou de atrito dos pneus —, porém ele já estava estirado sobre o asfalto. Uma massa comprida, volumosa, preta, jazendo como um animal. Dentro do ônibus com a luz interior acesa, várias mulheres estavam sentadas em postura ereta ao redor de uma grande mesa, lendo um livro, enquanto um monge budista, vestido com seu manto, estava sentado de olhos fechados no canto mais escuro dos fundos.

Ayami levou as mãos à boca. Ela achou que o homem estivesse morto. A porta do ônibus se abriu e o motorista, com um chapéu muito grande e trajando um uniforme — era impossível reconhecer que tipo de uniforme era aquele —, e o monge desceram dele. Eles levantaram o corpo do homem e o levaram para dentro do ônibus. Ah, eles vão para o hospital, pensou Ayami, sentindo um pouco de alívio, apesar do susto. As mulheres do ônibus continuavam com o olhar fixo no livro, completamente imóveis, sem se mexer. O livro que elas liam era o *Kama Sutra*, com vivas ilustrações coloridas de um homem e uma mulher em posições exóticas. Sobre o teto do ônibus havia algo — um corvo branco — que Ayami não tinha percebido até há pouco.

2

Na noite de um dia muito quente, Buha foi à margem do rio para fugir um pouco do calor.

Na beira do rio, havia um cais que alugava barcos para casais de namorados. Buha estava sozinho, mas resolveu andar de barco, já que não tinha mais nada a fazer.

Com o colete salva-vidas, ele remou até o meio do rio. Sentiu seu corpo arder de calor em menos de um minuto. A água brilhava amarelada sob o sol poente. Os carros, um atrás do outro, passavam sobre a ponte nessa hora em que as pessoas voltam para casa depois da jornada de trabalho. Todas as vezes que o raio invisível cortava o céu, a ponte de aço e de concreto ondeava para baixo em movimentos exagerados.

No momento em que o barco de Buha se aproximou, um homem pulou da ponte e caiu na água. Seus braços e pernas subiram à superfície da água como troncos de árvores, e ele começou a se debater em movimentos bruscos e instintivos. Mas a corrente do rio era forte demais.

Buha se levantou. O barco balançou perigosamente. Sem hesitar, ele pulou no rio e foi nadando até o homem. Quase afundando, ele estendeu o braço e agarrou o colete de Buha. Com uma mão, Buha puxou-o pela gola e tentou nadar até o barco, que já tinha sido levado para longe pela correnteza. Exposto ao brilho do sol poente, Buha não conseguia abrir os olhos. O homem esperneava em movimentos cada vez mais bruscos. Cintilando, escamas da água do rio invadiram a boca de Buha. Ele tentou manter o queixo para cima, numa tentativa fracassada, porque o homem esperneava e puxava seu pescoço com todas as forças. Buha desistiu de ir até o barco e nadou em direção à margem do rio, pois percebeu que, mesmo indo até o barco, não conseguiria subir. A margem estava distante, eles eram pequenos demais e o rio parecia ser largo demais. Um cachorro latia para eles da trilha de caminhada. Era um cachorro branco, cujo rosto estava quase todo coberto por uma longa pelagem. O céu, carregado de nuvens, estava fechado e escuro, e o ar, pesado. Um balão branco a ar quente voava vagarosamente no ar sobre o rio, e um palhaço usando maquiagem pesada estava sentado em seu cesto. Havia uma faixa que dizia "Me sinto sozinho. Me mandem um alô". Quando as crianças acenavam com a mão, o palhaço, por sua vez, retribuía fazendo um sinal com a mão quase colada à testa. Estava escrito PEACE no balão, que sobrevoou lentamente por cima de Buha e do homem.

    De repente, os olhos do homem começaram a observar Buha bem de perto. Mas suas pupilas estavam desfocadas. O homem tinha o rosto magro, as órbitas oculares profundas como grutas e os lábios ressecados. Era possível ver com nitidez as veias capilares vermelhas riscando suas escleras, a ponto de ser assustadoras. Nesse momento, Buha sentiu que todos os membros do homem tremiam e se enrijeciam. Logo o homem ficou imóvel, deixando os braços e as pernas caírem, sem vigor. Buha virou o rosto dele para cima. Era um rapaz muito jovem.

Com os olhos meio abertos, o jovem soltava gemidos estranhos, e a boca espumava no canto. Quando Buha chegou à margem do rio, depois de nadar com mais facilidade, alguns transeuntes os ajudaram a subir. Buha respirava ofegante. Seu coração batia com força, parecia prestes a explodir. As pessoas observavam o jovem revirando-o com o pé. Se ele já estivesse morto, Buha teria tido todo esse trabalho em vão. Mas ele estava respirando. É uma crise epiléptica, disse uma das três ou quatro pessoas amontoadas ao redor deles.

  Enquanto os transeuntes partiram para continuar a caminhada depois de deixarem o corpo do jovem num canto, Buha ajeitou a roupa molhada e foi andando, em passos abatidos, até o cais. Estava descalço porque tinha deixado os sapatos no barco ao pular no rio. Tinha de pegar o documento de identidade que havia sido retido quando fora alugar o barco. Enquanto Buha pensava em como explicar a situação, já tinham embarcado num outro barco para recuperar o barco abandonado, pois haviam acompanhado tudo o que se passara. Devolveram-lhe o documento sem fazer uma pergunta sequer. Sem dizer nada, a mulher que estava com o seu documento lhe trouxe um pano seco e Buha pôde se secar um pouco. Secou os cabelos e também a camisa.

***

Buha queria ser poeta. Pelos menos até certos anos de seus vinte e poucos, ser poeta era seu sonho. No entanto, nunca tinha escrito um poema. Melhor dizendo, provavelmente nunca tinha lido poemas em toda a vida. Para ele, poemas não eram linguagem nem métrica, mas se resumiam à imagem de uma mulher. Ela era poeta de verdade. E era bonita. Principalmente quando␣sorria, todas as luzes luminosas pareciam ser sugadas ao mesmo tempo por suas pupilas e seus lábios, apesar de ele ter visto o sorriso da poeta apenas na foto em preto e branco de uma entrevista que ela dera a um jornal. O rosto da poeta impresso com pontos pretos e brancos parecia estar manchado de sombras. Feito pregos, os pontos pretos perfuravam sua pele, esburacando-a, e os pontos brancos formavam o líquido que jorrava desses buracos. Mas a última vez que vira a poeta no jornal tinha sido há mais de vinte anos. Desde então, o sonho de Buha era ser poeta. Como ela era poeta, era mais do que lógico ele querer ser poeta também. Não pensava em comprar livros de poemas, escrever seus próprios versos ou participar de ateliês de literatura nos fins de semana. Ele apenas queria ser poeta. Não achava incoerente o fato de o sonho e a realidade estarem tão distantes. (Se não, por que usar termos distintos para distinguir o conceito de sonho e realidade?)

Ele não tinha vivido todo esse tempo pensando só na poeta. Depois de alguns anos completamente dedicados à poeta, ela começou a aparecer com menos frequência em seus sonhos, e, a certa altura, se tornou um rosto do qual Buha se lembrava uma vez ao ano, quando muito. Buha pensava intensamente na poeta quando lhe perguntavam qual era o sonho dele, mas, com o passar dos anos, essa situação praticamente deixou de acontecer.

Trabalhando no departamento de vendas de uma empresa têxtil, Buha viajava com frequência. Por infortúnio, essas viagens a trabalho eram geralmente para a América do Sul, onde se chegava depois de mais de 24 horas de voo. Numa dessas viagens, ele foi para a cidade portuária de Valparaíso. Ele tinha de se encontrar com um empresário coreano que tocava seus negócios ali. Buha nunca havia visitado Valparaíso antes, e depois nunca mais voltaria àquela cidade. Uma mulher se aproximou enquanto ele tomava café da manhã sozinho perto do hotel. "Olá, tudo bem? Eu me chamo Maria. Você é marinheiro de que país?" Maria estava longe de ser bonita e tinha a pele demasiadamente escura para o gosto de Buha; aliás, não apenas mais escura, mas marrom-escura, da cor de alga marinha, e, além de ter o dorso da mão áspero como um ouriço, faltava-lhe um dos dentes anteriores da arcada superior. Mas Maria tinha o dom de fazer as pessoas se sentirem bem porque era boazinha, simpática e de fala mansa. "Qual é seu nome?", Maria perguntou de forma cadenciada, como se estivesse cantando. Buha se apresentou como Kim. "Kim, posso me sentar ao seu lado um pouquinho?" Depois de obter uma resposta afirmativa, Maria voltou a falar. "Me pague uma coca, prometo não tomar muito do seu tempo". A voz suplicante de Maria fez Buha sentir pena e ele pediu a coca, como solicitado.

***

Cerca de uma hora mais tarde, eles deixaram o local e Maria segurou o braço dele com a maior naturalidade, o que o constrangeu e fez com que Buha se soltasse dela. Maria disse ter vindo do deserto do Norte. Seu pai, que trabalhava na mina de betume, morrera de tanto beber, e ela tinha vindo a Valparaíso para trabalhar no salão de beleza da tia, mas, como esse salão também não ia bem, a tia ganhava um pouco de dinheiro trabalhando, ainda que não tivesse experiência, como médium.

Buha fez questão de apressar o passo para se afastar andando um metro à frente dela, mas ela se empenhou em alcançá-lo e continuou falando. Com medo de ser visto pelos trabalhadores da fábrica de têxteis, Buha deu meia-volta e entregou-lhe uma nota de dinheiro sem dizer nada. Nesse momento, ele deixou cair um cartão de visitas, Maria se agachou para apanhá-lo, mas Buha simplesmente lhe deu as costas e andou apressado, fugindo com todas as forças, para não voltar a ser abordado por ela.

Alguns anos mais tarde, Buha saiu daquela empresa junto com outros dois colegas e montou uma empresa de comércio de têxteis com a China, tendo tido algum sucesso em várias idas e vindas entre Seul e o apartamento sem calefação de Xangai, pelo menos no início. Porém, teve de fechar a empresa depois de uns cinco anos. Quando terminou de saldar suas dívidas, acabou com quase nada nas mãos, sem um tostão. Isso ocorrera há dois anos. Se não fosse o pouco da herança dos pais, ele realmente teria passado por uma situação muito pior. Já nessa época, quase nada da poeta havia restado em sua cabeça. Ninguém, nem ele mesmo, perguntava o que ele queria ser.

Ele encontrou um trabalho provisório numa empresa farmacêutica. Seu trabalho consistia geralmente em embalar comprimidos azuis e entregá-los, mas a entrega era quase um bico, porque só fazia aquilo quando um paciente dava entrada em algum pedido. Não foi apenas por questões econômicas, mas na época ele se separou da segunda mulher. Certa noite, a esposa o chacoalhou, acordando-o, e disse:

"Me chame pelo meu nome."

Ele chamou o nome da esposa.

"Não por esse, mas pelo nome que você me deu."

Buha perguntou do que ela estava falando.

"É porque eu acabei de me lembrar do motivo de termos nos sentido tão atraídos um pelo outro daquela maneira incompreensível", disse a esposa.

"Não sei do que você está falando", disse Buha. Disse que não era ele a pessoa que tinha lhe dado um nome. Isso era mais do que lógico. Que nunca conhecera nenhuma mulher com o mesmo nome antes dela. Que o nome dela tinha sido tão inédito e único quanto a segunda lua sobre o céu de um deserto. Que o nome dela tinha sido um acontecimento ímpar no mundo dele.

Mas a esposa balançou a cabeça. "Nós nos conhecíamos bem demais. Desde sempre, fomos muito mais próximos do que pensamos. É por isso que eu enxergo o rosto do meu pai e do meu irmão no seu, sempre que você entra na minha gruta."

Buha perdeu o sono completamente. Ele se levantou e disse, com firmeza, que não sabia qual era o motivo para ela estar dizendo aquilo, mas que ele não se separaria dela por nada. Só para não citar outros motivos, porque ele tinha aberto mão de muita coisa para se casar com ela. E que ele não era pai ou irmão de ninguém. Além de tudo, que ele não era a pessoa que tinha dado nome a ela.

"Está dizendo que não foi você?", perguntou a esposa com a voz meio abafada. "Então quem é você?"

"Eu sou seu marido", respondeu Buha.

Mas, algum tempo depois, Buha descobriu que sua esposa tinha um caso com o chefe dela.

***

Os comprimidos azuis que ele entregava eram embalados em frascos sem rótulo. Havia apenas uma etiqueta com o nome e o endereço da pessoa que receberia o remédio. Foi depois de muito tempo que ele ficou sabendo, por acaso, por intermédio de um dos diretores da empresa farmacêutica, que esses comprimidos que ele entregava podiam "amenizar os sintomas da epilepsia do lobo temporal". O medicamento ainda não tinha sido aprovado oficialmente, mas era bastante eficaz.

"Pode amenizar sintomas da epilepsia do lobo temporal. Ele foi desenvolvido originalmente para curar que tipo de doença?", Buha perguntou ao diretor da empresa.

"Bem, é um tipo de analgésico, usado como anestésico local em pequenas cirurgias ou para reduzir inflamações. Mas dizem que é eficaz para acalmar a hiperatividade das células nervosas num ponto específico do cérebro. Dizem até que é muito eficaz, só não tem ainda aprovação oficial. Parece que há muito lobby por parte das farmacêuticas convencionais", respondeu o diretor, tentando disfarçar a falta de confiança. "Mas, sabe, poucas pessoas conhecem exatamente o efeito da composição dos medicamentos que estão tomando. Mesmo que conheçam, não faz grande diferença. Porque é muito comum trocarem os comprimidos nas farmácias cheias de medicamentos com caras iguais."

À noite, Buha costumava ligar para uma mulher. Essa mulher, num dia qualquer, igual à promessa de um encontro secreto, deixou um cartão de visitas no carro dele e desapareceu. O cartão continha um número de telefone e uma frase que dizia "Ligue para Yeoni, freelancer". Todas as vezes que ele ligava para o número, uma mensagem de voz eletrônica dizia:

"Por esta ligação será cobrado xxx por minuto, se não estiver de acordo, por favor desligue agora...".

***

Um colega da empresa onde Buha trabalhava antes entregou-lhe uma carta. Surpreendentemente, era uma carta que Maria tinha enviado para a empresa têxtil. Nela, lia-se:

> Buhakim, você deve se lembrar mim, não é? É a Maria de Valparaíso, a que veio do deserto do Norte. Você foi uma pessoa generosa e amável. Estou escrevendo essa carta para o endereço do cartão de visitas que você me deixou...
> Minha situação piorou durante esse tempo. Minha tia faleceu num acidente de carro e seu salão acabou nas mãos dos credores. Então fui trabalhar em outros salões, mas esses empregos não duraram muito. Está cada vez mais difícil encontrar um trabalho, pois os salões de beleza estão fechando. E, mesmo quando encontro um trabalho, o salário é realmente lastimável. Meu salário não aumentou nem um pouquinho, talvez até tenha baixado desde a época em que você esteve aqui. É por isso que pergunto: será que tem como você me mandar só uns mil dólares? Se mil for muito, podem ser quinhentos. É que estou com o aluguel atrasado. Você tem planos de voltar a Valparaíso? Seria tão bom revê-lo. De todo modo, ficaria tão contente se você puder me mandar mil dólares, ou mesmo quinhentos. Seria tão bom quanto ter minha falecida mãe de volta comigo.
> Maria

Na noite do dia em que tinha recebido a carta da Maria, ele viu a poeta no ponto de ônibus enquanto voltava de uma de suas entregas de comprimidos. Apesar de nunca tê-la visto em pessoa, só a foto em preto e branco na época da faculdade, ou seja, há mais de vinte anos, era inacreditável como ela continuava quase a mesma. A poeta era alta, e isso era uma novidade para ele. O fato é que não dava para saber a altura só pela foto do jornal. Na verdade, ele tinha imaginado que a poeta seria uma mulher franzina e esguia por natureza. Mas ela não estava sorrindo. E o rosto da poeta sem o sorriso era algo muito insólito para ele. Ele nunca tinha visto o rosto da poeta sem o sorriso.

    A poeta, que descia do ônibus, vestia uma blusa branca e uma saia de verão de cor apagada, cujo tecido fino se assemelhava ao de um pano de prato. A cada passo, a saia drapejava, deixando à mostra um par de panturrilhas magras com tendões salientes, pés pateticamente pequenos em relação à sua altura — dando a impressão de não serem realmente dela, apenas colados a ela provisoriamente — e sapatos que brilhavam como novos, mas pareciam usados. A poeta trazia uma bolsa preta de couro sintético e um livro na mão. Parecia ter lido no ônibus. O título do livro azul estava escrito numa língua estrangeira, que Buha desconhecia. Ele imaginou que fosse alemão. Ele tinha aprendido alemão básico na escola, mas esquecera tudo porque fazia muito tempo. Buha conteve com muito esforço a vontade de perguntar por que ela não escrevia mais poemas (como Buha não tinha lido mais nada sobre a poeta nos jornais, ele imaginava, desde há muito tempo, que ela não escrevia mais), se havia um leitor tão ávido esperando por suas obras! Mas não havia necessidade de confessar desde já que ele nunca tinha lido nenhum poema dela.

***

Da mesma forma que a areia desce intensamente pelo orifício entre os bulbos de uma ampulheta, sem movimento ou som algum, ele foi sugado em linha reta até um tempo específico do passado.

***

Segurando forte o livro contra o peito como fazem as universitárias de arte, a poeta entrou numa rua estreita cheia de casas, e Buha a seguiu, como se fosse sugado.

O sol de verão se punha por trás do enorme emaranhado de fios elétricos no ar, dos telhados achatados de cimento, dos montes de roupas sujas e ramalhetes de rosas, das teias de aranha e das galinhas criadas sobre o telhado. Eles subiram sem parar por essa velha ruela, uma ladeira de concreto, a ruela estreita onde se encontra o lar dos pobres.

Os dois ficaram empapados de suor.

Apesar de estarem separados por uma distância de cerca de dez metros, ambos respiravam em sincronia, como se fossem um só corpo.

A poeta desapareceu para dentro de uma casa de cimento rasa, quase no topo da ladeira.

***

Buha não lia nem escrevia poemas, mas desenhava de vez em quando. A mãe dele era pintora. Seu pai, quinze anos mais velho do que a esposa, servidor público do Ministério da Cultura, era um homem antiquado e tradicionalista. Em tardes de pouco assunto, a mãe confidenciava ao filho, de maneira cínica: "Uma pintora precisa mesmo é de um patrocinador, não de um marido".

Os pais de Buha passaram por algumas crises, mas conseguiram superá-las de alguma forma e mantiveram o casamento até o fim. Quando ele morava com os pais, sentia uma inexplicável compaixão pela mãe, mas agora desejava que seu pai, que sempre se mantivera apagado, sem se expressar em casa, tivesse tido pelo menos uma amante. O pai dele era certamente autoritário, mas essa autoridade não lhe pertencia. Era um ditador, mas não mandava em nada, e até mesmo nessa ditadura não havia a menor presença do próprio ditador. Ele vivera como um fantasma amarelado até morrer.

Nos últimos anos de vida, sua mãe passava noites em claro no ateliê, voltava para casa quase na hora do almoço do dia seguinte e passava a tarde toda sentada no sofá, olhando para as mãos com restos de tinta. Pensando agora, parecia que ela também tomava comprimidos que lhe entregavam em casa durante esses últimos anos de vida. Ela dizia que eram apenas comprimidos para dor de cabeça. Não se podia dizer que Buha a entendia, nem agora nem naquela época, mas ele aprendeu a fazer esboços olhando sua mãe trabalhar.

"Desenhe um barco", dissera a mãe no início.

Buha desenhou um barco no livro de visitas.

Na forma mais antiga dos murais pré-históricos, o barco é um hieróglifo que significa "eu".

Buha não tinha uma única lembrança de sua mãe rindo em voz alta. Mas se lembrava dela lendo uma coleção de livros muito vendida intitulada *Piadas*. Era a única leitura de sua mãe. Frequentemente, ela lia para ele algumas páginas do livro *Piadas* em voz alta. Eram histórias como a seguinte:

Um casal por volta dos 60 anos encontrou uma garrafa enquanto caminhavam pela praia. No momento em que o marido abriu a garrafa, saiu de lá uma fumaça que logo se transformou em uma fada. A fada disse: "Muito obrigada por terem me salvado da maldição do horrível feiticeiro que me confinou na garrafa por mil anos. Como prova de agradecimento, vou atender um desejo de cada um de vocês". Foi a esposa que fez o primeiro pedido. "Eu gostaria de ter uma casa de dois andares com quintal. Uma casa daquelas com piscina, quadra de tênis e vista para o mar do quarto no segundo andar." "Ah, isso não é nada", disse a fada, dizendo *plim*. Nesse momento, uma linda casa de mármore de dois andares apareceu diante dos olhos do casal. "Tudo o que eu quero é uma esposa trinta anos mais jovem", desta vez foi o marido que revelou seu desejo, num tom bem determinado. "Ah, isso também é fácil", a fada voltou a dizer *plim*. Imediatamente, o marido se transformou num homem de noventa anos.

***

O quintal da casa por onde a poeta desaparecera estava meio afundado, dando a impressão de que o teto estava quase na mesma altura da calçada. Uma estranha fuligem cobria uma das paredes, onde se amontoavam vários sacos de lixo. Tudo que havia por trás do portão enferrujado era fosco e sombrio. Um forte odor de musgo preenchia todo o quintal.

Por uma curiosa coincidência, Buha tinha acabado de entregar alguns comprimidos para uma mulher que morava naquela casa. A mulher vivia nas sombras de sua casa, que já era mais escura do que qualquer outra. Quando a porta se abriu, seu contorno apareceu como num espelho embaçado. O rosto da mulher, dissolvido na escuridão e na sombra, se movia rapidamente de uma janela negra à outra. A mulher estendia a mão em silêncio e pegava o frasco de remédio. Sua cândida mão direita alvejava com nitidez sob a luz de fim de tarde do alto verão. Do quarto, ouvia-se timidamente o som do rádio anunciando a previsão do tempo. Como o frasco continha pílulas para quinze dias, se não acontecesse nada demais, ele voltaria a essa casa em quinze dias. Será que as duas são mãe e filha? Será que a poeta não toma esse remédio também?

No caminho de volta para casa, Buha passou na livraria para procurar a coleção do livro de piadas. Pelo que ele se lembrava, o último livro que sua mãe tinha lido era *Piadas volume 3*, mas o dono da livraria sugeriu *Piadas volume 5*, pois havia sido lançado recentemente.

***

"Posso pedir para você ouvir o que eu tenho a dizer?", disse Buha à freelancer Yeoni ao telefone.

"Claro que sim. E vou pedir para você me ouvir também. Foi para isso que você ligou, não é mesmo?", a voz suave de Yeoni fluía pelo aparelho.

"É que eu queria falar do livro que acabo de ler. E depois gostaria de lhe pedir para avaliar se a história é realmente engraçada."

"Está bem", disse Yeoni, como se consentisse com a cabeça do outro lado da linha, com a voz séria e verdadeira.

"Um aluno japonês chamado Suzuki se transferiu para uma escola nos Estados Unidos. O professor perguntou na aula: 'De quem é a frase *Dê-me a liberdade ou a morte*? Quem pode me dizer?' Todos os alunos desviaram os olhos do professor e a sala de aula silenciou. Só Suzuki levantou a mão todo orgulhoso e disse em voz alta: 'Patrick Henry, em 1775, na Filadélfia'."

"Que aluno dedicado, decorou tudo isso", disse Yeoni.

"Não terminei ainda. Vou continuar. O professor elogiou Suzuki e, ao mesmo tempo, disse para os outros seguirem o exemplo dele, que, apesar de ser estrangeiro, estudara arduamente a história dos Estados Unidos. Então alguém sussurrou do fundo da sala: 'Japonês maldito'. E o professor, bravo, gritou: 'Quem foi? Quem foi que disse isso?'. Então Suzuki levantou a mão imediatamente e disse: 'O general McArthur, em 1942, durante a Batalha de Guadalcanal'. Um outro aluno zombou: 'Eca, que nojo'. Dessa vez, antes mesmo de o professor terminar de perguntar, Suzuki antecipou: 'George Bush, em 1991, antes de comer sushi com o primeiro-ministro Tanaka em Tóquio'. Furioso, o aluno se levantou e insultou Suzuki abertamente. 'Vem me chupar'. E a resposta empolgada de Suzuki: 'Bill Clinton, para Monica Lewinsky, em 1997, no Salão Oval da Casa Branca em Washington'."

Yeoni ficou em silêncio.

"Então, achou engraçada?"

"Não sei...", Yeoni hesitou, com a voz indecisa. "Não é que não tenha graça. Até tem. Mas, como posso dizer... Me soa como uma piada forçada, oriunda de sentimentos negativos dos americanos contra os japoneses. Me parece mais uma ironia política, não uma piada. Parece ter sido escrita por um jornalista bem tenaz, daqueles que usam uma espada disfarçada de caneta. Na minha opinião, uma piada não deve ser apenas engraçada, ela precisa ultrapassar a seriedade da vida real."

Buha ficou decepcionado. Ao encontrar a anedota no livro *Piadas volume 5*, ele tinha pensado em contá-la à poeta para que ela voltasse a sorrir, no dia em que eles conversassem pela primeira vez.

"E a última parte, com o Bill Clinton, para mim é a pior. Porque deveria ser erótica, mas não é, nem um pouco. Uma piada que se preze deve ser sexualmente insinuante. Mas isso aí... me pareceu mais um ataque político para menosprezar o povo."

Estranhamente desesperado, Buha falou sobre a carta que tinha recebido de Maria.

"Uma mulher chamada Maria, que eu encontrei no Chile há mais de dez anos, me mandou uma carta pedindo mil dólares."

"É outra piada?"

"Não. É uma história real."

"É uma mulher de programa?"

"Não exatamente... digamos que seja algo assim."

"E vocês nunca mais voltaram a se ver ou a se falar?"

"Isso. Eu nunca mais precisei voltar ao Chile desde então."

"Achei mais graça que a piada."

"É verdade. Nunca falei com Maria. Além de eu não ter seus contatos, nem me lembro do rosto dela."

"Agora me lembro de ter lido uma história parecida com essa num livro, há muito tempo."

"Que livro era?"

"Era um livro de Jorge Amado, um escritor brasileiro. Foi comunista."

"O Estado é o povo e o povo não padece. Sabe quem disse isso?"

"Não sei. Foi Amado?"

"Dizem que foi Abraham Lincoln."
"Onde você leu isso?"
"Nesse livro *Piadas volume 5*."

Depois de desligar o telefone, Buha enfiou num envelope as cinco notas de cem dólares que tinha trocado pouco antes de o banco fechar e lacrou-o cuidadosamente. E escreveu o endereço de Maria, de Valparaíso, no envelope.

***

Buha gostava de observar a poeta a uma certa distância. Em geral, as mulheres gostam de aprender coisas e a poeta não era diferente, pois estava aprendendo alemão. Depois do trabalho, ela subia a ladeira até o bairro pobre da cidade. Sentado com as costas contra um muro particularmente baixo da casa escura da poeta, Buha podia ouvi-la ler livros em voz baixa. Havia duas mulheres naquela casa: a cliente para quem Buha entregava os comprimidos periodicamente e a poeta. Ele não sabia qual era a relação entre as duas. Também não conhecia o rosto da cliente, porque ela sempre permanecia na sombra, como um espelho embaçado, e apenas estendia a mão branca para receber o frasco de remédio. Entre as duas mulheres, uma parecia ser a sombra da outra. Quando elas liam um livro juntas, as duas vozes soavam como uma só, pois eram indistinguíveis uma da outra.

O livro que a poeta lia todas as noites era *O mocho cego*.

A poeta trabalhava num lugar pequeno e secreto chamado teatro de áudio. Quase ninguém entrava ou saía daquele minúsculo teatro que organizava um espetáculo por dia: o público geralmente consistia de menos de dez pessoas por vez. Buha tinha nascido e crescido em Seul, mas nunca ouvira falar da existência de tal teatro. O público era formado quase sempre de estudantes, que iam ali para fazer algum trabalho escolar, ou de pessoas cegas. A poeta trabalhava sozinha o dia inteiro, vendia sozinha os ingressos, cuidava sozinha do material da biblioteca, fechava sozinha o teatro depois de o espetáculo terminar. A poeta parecia gostar de seu trabalho. Às vezes, ela esboçava um sorriso cujo significado era uma incógnita, mas isso só acontecia quando estava sozinha. Ela permanecia o dia inteiro dentro do teatro. Seu hobby era ouvir as transmissões de previsão do tempo, mas não era a previsão ordinária: tratava-se da previsão de tempo marítima, destinada a pessoas que trabalham em alto-mar.

 Houve um dia em que Buha foi ao encalço — tendo a expressão "encalço" uma conotação que remete a um delito, ele evitava usar o termo para descrever seu ato — da poeta. Buha não esperava nada dela, apenas gostava muito dessa situação em que podia observá-la. Por isso, ele não tinha nenhuma outra intenção, a não ser a de poder observá-la por um longo tempo.

 Naquele dia, a poeta percorreu um longo trecho de metrô. Chegando à última estação da linha, ela tomou um ônibus. Passou por residências suburbanas construídas sobre terras áridas, por uma vasta região com alguns postos de abastecimento e prédios baixos, e desceu num ponto de uma região bastante isolada. Sem um ponto de luz sequer, toda a região estava mergulhada na escuridão. Não se via prédios ou casas ao redor, certamente por causa da escuridão. Parecia os confins de uma região abandonada por onde não passava gente depois de escurecer, em que restam apenas pequenas fábricas suspeitas ou falidas, cujo dono se suicidara por não aguentar a derrocada. As ruas daquele local estavam quase vazias e o céu era um breu, sem lua. De quando em quando, automóveis com os faróis acesos percorriam o local em alta velocidade. Como se demonstrassem, com isso, que não havia motivo algum para eles pararem naquele lugar. Naquela rua, que lembrava um deserto de concreto, havia apenas um ponto de ônibus com cobertura. Atrás do ponto se localizava um terreno baldio cheio de lixo, como pedaços de tijolos, um carro com os vidros quebrados e sem rodas, armários e sofás desmantelados, espalhados por todos os cantos. Num lugar indefinido, mas não muito longe dali, um cachorro latia. Não era o latido de um cachorro de estimação, dos que são criados dentro de casa, mas um latido ameaçador de um daqueles cães grandes e pesados como um bezerro. Então outros cachorros começaram a latir também. Inúmeros cachorros estavam ali na escuridão. Uma pesada corrente metálica invisível arranhava uma grade metálica também invisível, produzindo um trincar lúgubre. Essa noite dos animais ficou inteiramente perturbada com a aparição de um forasteiro incógnito.

A poeta entrou numa rua mais estreita atrás do terreno baldio e continuou andando sem olhar para trás. Seus passos aos poucos ficavam mais apressados. Ela andou em linha reta, rumo ao coração do negrume sem um pingo de luz, onde não é possível ver nem os próprios pés. Essa postura provocava um sentimento de veneração e de temor ao mesmo tempo. Os latidos se tornavam mais próximos. Buha supôs que poderia causar medo e um nervosismo desnecessário a ela, ou a si mesmo, se continuasse seguindo a poeta. Não era o que ele queria. Não queria que a poeta o visse. Não queria que a poeta passasse a "conhecê-lo". Por isso, Buha parou ali mesmo. A sombra da poeta foi absorvida rapidamente pelo negrume da noite.

*＊＊

Buha estava cansado por ter voltado tarde da noite, mas tirou o telefone do gancho e discou o número da freelancer Yeoni.
 "Me leve para um outro mundo", disse Buha a Yeoni do outro lado da linha.
 "Você está convidado ao êxtase do meu sonho. Vamos partir já. Me dê a mão", a voz baixa de Yeoni penetrou suavemente em seu ouvido, como um sopro que arrepiava seus pelos finos.
 "Para onde vamos?", perguntou Buha.
 "Procurar pelo lugar que permanece incógnito até hoje", disse Yeoni.
 "Esse lugar existe de verdade?"
 "Claro. Feche os olhos e sinta minha pele."
 "Vamos encontrar esse lugar incógnito?", perguntou Buha com os olhos fechados.
 "Nós vamos à procura de três grutas", continuou Yeoni, sem nenhum resquício de hesitação. "A primeira gruta é um lugar sigiloso que nos atrai, porque viemos de lá. Da fonte secreta dessa gruta emana um tenro mel de papoula. É perfumado e doce. Começamos na fonte e terminamos ali. Somos capturados pela gruta como se fôssemos formigas em armadilhas de formiga-leão..." A voz de Yeoni foi ficando cada vez mais baixa. "A segunda gruta é a da ilusão, que nos leva para uma terra muito distante. Ali, seguimos por um deserto das estepes com uma jarra de bebida alcoólica na mão. A cada passo, o líquido leitoso

vertido da jarra cai sobre o dorso dos nossos pés. Do líquido leitoso exala um aroma de bebida fermentada de pétalas de flores. Nossas línguas ardem. Por isso bebemos da bebida branca, mas a sede é eterna, não há como saciá-la. Ao longe, um vulcão explode junto a um único e desesperado gemido. Cinzas brancas e magma são lançados pelo ar. É o momento da morte simultânea da natureza e dos objetos. A interrupção do consciente e do breu. É o momento em que as pupilas e a corrente sanguínea travam. É o momento em que todas as cores e sons desaparecem e todas as identidades e densidades se desvanecem. Mas tudo o que nós queremos é beber uma gota do álcool branco da jarra. Justo naquele momento em que as cinzas da erupção cobrem todo o céu, e em quem deuses, homens e dinossauros morrem todos ao mesmo tempo..."

Ainda de olhos fechados, Buha abriu a boca tentando obter a última gota da bebida leitosa que caía no chão, mas seus lábios secos e sua língua continuavam desguarnecidos.

"A terceira gruta é um local de culto", a voz de Yeoni prosseguiu lentamente, em ondas. "A terceira gruta é obscura e altamente sigilosa. É o local mais coibido, pois guarda o mais sigiloso dos sigilos. É conhecido como o local para onde vão as mulheres que sentem desejo sexual por um touro, ou os homens que se deitaram com suas próprias filhas. Mas, segundo outro boato, o selo da proibição não passa de uma fantasia humana. A fantasia mais primitiva, antes mesmo da religião, seria o tabu. Dizem que a temível veneração incitada por aquele lugar já não é mais temor há muito tempo, pois não passaria de um meio paradoxal para multiplicar o prazer. Nosso sono agora flui em direção à terceira gruta. Nós nos deixamos levar pela energia da gruta, sem olharmos para trás. Estamos desvanecidos, porque nos tornamos prisioneiros. Algo suga intensamente nosso corpo e nossa alma. Não somos mais nós mesmos. Estamos nos amalgamando com o segredo que está lá fora. É uma angústia sufocante, um terror aflitivo. Mas é também um encanto e uma euforia inigualáveis. Estamos extasiados e não conseguimos nos impedir de ir atrás do proibido."

Buha já estava adormecido. Seus braços e pernas estavam imobilizados e era impossível mover um só dedo ou a pálpebra, porém continuava a ouvir a voz da freelancer Yeoni sussurrar-lhe durante o sono. Ouviu vagamente, de longe, o latido de um cachorro. Não era o latido de um cachorro de estimação, dos que são criados dentro de casa, mas um latido ameaçador de um daqueles cães grandes e pesados como um bezerro. Então outros cachorros começaram a latir também. Inúmeros cachorros estavam ali na escuridão. Uma pesada corrente metálica invisível arranhava uma grade metálica também invisível, produzindo um trincar lúgubre. Buha pensou durante o sono que sonhava com a gruta profunda, que ouvia o sussurrar de Yeoni ondulando como água lá dentro.

"Agora você já deve saber que as três grutas se referem a três orifícios do meu corpo. Mas é um lugar que pertence a você também. Porque esse lugar ganhou personalidade própria através de você. Pois, se não fosse pelos fatores de intercomunicação física, nenhum outro meio me permitiria essa existência da maneira que eu o conheço e que você me conhece. Nossa forma original não existe sem os reflexos da euforia. Nesse sentido, as três grutas são três espelhos. O amor é a ação de sair à procura de uma gruta incógnita. Um lugar em algum canto da terra, profundo, obscuro, ressonante, expansivo, tenebroso, que faz seduzir, completamente íntimo, secreto, só meu, um único barco, um lugar único e escondido..."

***

Buha pensou em ir até a biblioteca para procurar livros de poemas da poeta. Mas em nenhuma lista de acervos da modesta biblioteca da região se encontrava o nome dela. Estava claro que a poeta não escrevia há muito tempo. "Talvez tenha mudado de nome", pensou Buha.

Buha foi para a sala de periódicos. Queria encontrar pelo menos a entrevista que aparecera no jornal vinte anos atrás.

"Vinte anos?", a bibliotecária da sala de periódicos olhou para Buha com os olhos arregalados. "Essa biblioteca só existe há quatro anos. Para encontrar um material tão antigo assim, você tem que ir à Biblioteca Municipal."

Buha pegou um ônibus e o metrô em direção à Biblioteca Municipal.

Chegando ali, depois de vasculhar os exemplares de dois anos de jornais de uns vinte anos — dois anos porque ele não lembrava com precisão a época em que tinha lido a entrevista da poeta —, finalmente encontrou um pequeno trecho de um artigo de um determinado ano. Segundo a matéria, inédita e um tanto duvidosa para Buha, a poeta, na época com 49 anos, tinha sido encontrada morta no espaço entre o teto e o telhado da casa onde morava no bairro de Huam-dong, distrito de Yongsan-gu, um mês depois de seu desaparecimento. O mais suspeito é que a polícia tenha concluído o caso como suicídio. A falecida teria escolhido um local bastante insólito para a finalidade, mas é que não haviam encontrado nenhum indício de invasão alheia nem de lesão aparente no corpo encontrado. Além do fato de a poeta ter um tumor fatal no peito, a polícia supunha que a fome teria sido a causa de morte. Diziam que ela teria escolhido o local para não ser encontrada depois da morte. A matéria tinha sido publicada num jornal semanal chamado *Casos 24 Horas*, cujos artigos e títulos eram, em sua maioria, pouco confiáveis, hiperbólicos e chamativos. Além disso, como na época nenhum outro jornal tratava do assunto, Buha não sabia se podia acreditar em tudo que estava escrito ali, tampouco averiguar se não teriam se enganado ao citar o nome da poeta ou se era um caso ocorrido com uma pessoa com o mesmo nome.

Um outro motivo para duvidar da matéria do *Casos 24 Horas* foi o fato de Buha ter encontrado um artigo em um outro jornal — muito diferente do anterior — que falava sobre a cerimônia de abertura de uma exposição de fotógrafos amadores organizada num teatro chamado "Salão Vermelho", durante a qual uma pessoa com o mesmo nome da poeta teria recitado um poema. De acordo com o testemunho dos presentes ao evento, a mulher usava um vestido curto com enfeites prateados que lembravam escamas de cavalinha, tinha cabelos longos até as nádegas e apresentava o rosto todo coberto de profundas rugas, horrorosamente manchado com marcas de varíola e sardas escuras. "Faz menos de um ano desde a última vez que nos vimos, mas me choca vê-la parecer outra pessoa", dizia a testemunha. Uma poeta com o mesmo nome e idade da que Buha conhecia.

Buha passou o resto da tarde lendo quadrinhos dos antigos jornais.

Na sala de periódicos, alguns idosos aposentados se concentravam na leitura de jornais antigos como Buha. Sentados em lugares distantes, como ilhas, eles mantinham uma distância pacífica e tranquila entre si. Todos eles eram pessoas que tinham vindo propositalmente até aquele local para ler jornais datados de mais de vinte anos. Um senhor, que aparentava ter mais de 90 anos, copiava letra por letra, agarrando o lápis com todas as forças, a matéria de um jornal em sua caderneta.

Às cinco horas da tarde, a bibliotecária foi até eles e pediu que se retirassem, pois era a hora do fechamento da sala. Buha perambulou pela rua da Biblioteca Municipal, entrou num pequeno restaurante cheio de estudantes do ensino médio e comeu uma tigela de macarrão com guarnição frita.

***

Sentados ao lado de Buha no ônibus, os barulhentos estudantes do ensino médio desceram com ele no mesmo ponto.Embora de modo não intencional, Buha acabou ouvindo a conversa desses jovens. Diziam estar indo ao teatro de áudio. É que depois tinham de entregar um trabalho sobre a peça. Certamente eles não tinham grande interesse num espetáculo de áudio sem vídeo ou imagens, mas esperavam que fosse menos pior do que uma exposição de instalação ou um recital de Shostakóvitch. Segundo a opinião de um deles, no mínimo seria menos difícil escrever alguma coisa, já que era falado. Com uma mão apoiada na testa, Buha permaneceu sentado ao lado deles, fingindo cochilar.

Ouvindo o linguajar forte e grosseiro dos adolescentes mal-cheirosos, Buha pôde se lembrar de que tinha sido um estudante bastante introvertido, acanhado e tímido. A escola de Buha não podia ser mais comum. Isso significa que havia uma gangue e um bando de subalternos. Um desses subalternos estava na classe de Buha, tinha até montado sua própria loja delivery e vivia implorando para os meninos comprarem vale-presentes, cigarro ou desenhos em quadrinhos com mulheres nuas. Os meninos frequentemente faziam encomendas para ele. E ele sempre se gabava dizendo que não havia nada no mundo que ele não conseguisse trazer, até mesmo uma namorada japonesa ele traria, se lhe encomendassem.

O fundador dessa loja, que tinha estudado com Buha no fundamental II e no ensino médio, teve a gentileza de lhe perguntar várias vezes se não queria nada, mas Buha nunca pediu nada a ele. Sendo Buha um menino introvertido, quase não tinha amigos nem chamava a atenção dos professores. Talvez por sorte, a gangue nunca chegara a implicar com ele. O golpe fatal na sensibilidade de adolescência de Buha não foram nem as notas, sempre insuficientemente boas, nem essa gangue de adolescentes rebeldes, mas a imagem de costas de uma menina andado durante muito tempo na sua frente, uma menina de sua idade, com quem se encontrara por acaso depois do fim das aulas, vestindo um uniforme de verão cuja saia da cor cinza claro tinha uma mancha enorme de sangue de menstruação.

No momento em que avistou essa menina de costas, o grande choque e temor fez o Buha adolescente ficar quase gélido. A menina andava à sua frente, nem rápida nem lenta demais, com as costas bem eretas. Isso significava que Buha não podia nem ultrapassá-la nem reduzir a velocidade de seus passos esperando que ela desaparecesse de sua vista, a não ser que ele parasse de andar no meio do caminho. Ela andava em linha reta, na mesma direção da casa de Buha. O medo que Buha sentia de ver a menina se virar, de por acaso cruzarem os olhares, era enlouquecedor. A mancha dela era grande demais para que ele a ignorasse ou fingisse não ter visto. O choque fez com que Buha saísse um pouco de si, mas a determinação de não querer ver o rosto dela estava claramente impregnada em sua consciência. Ele não queria saber o rosto dela. Não queria passar a "conhecê-la". Não queria se importar com o fato de ela ter lindos cabelos preto-azulados, ter braços e pernas delicadas, longas e belas, ter o rosto repleto de marcas de varíola. Não queria que ela passasse a ser reconhecida por um rosto concreto. Mas, nesse momento, o fundador da loja e seu bando — todos eles subalternos da gangue —, montados em bicicletas, vieram de trás, passando por Buha. Como sempre, felizes de terem sido liberados da escola, passaram gritando. Assobiavam na maior farra. Todas as bicicletas começaram a buzinar. Parecia que todos os sinos do mundo repicavam ao mesmo tempo. As bicicletas passaram provocando lufadas de ar que chicoteavam o rosto de Buha. Aquilo era alegria e velocidade enlouquecida pela vida. Buha sentiu como se caminhasse por entre dois mundos paralelos. E era realmente o que ele estava fazendo.

***

"Me desculpe."
    Buha estava imerso em seus pensamentos quando tropeçou na bengala. Assustado, a segurou com as duas mãos e baixou a cabeça para se desculpar. Mas, como a dona da bengala era uma jovem cega, provavelmente não deve ter percebido o gesto

dele. A jovem tinha acabado de dobrar o caminho para entrar no teatro de áudio. A porta de vidro do teatro estava aberta. Como sempre, a poeta estava se preparando para vender os ingressos depois de pôr a mesa na entrada do teatro. Os raios de sol da tarde esquentavam sua nuca. O asfalto ardia. Buha abriu caminho para a jovem cega passar. No momento em que ela virou, a larga saia branca de *hanbok* drapejou, exalando um cheiro de tecido de algodão engomado de maneira rústica. Por um momento, Buha sentiu uma angústia lhe apertar o coração. Mas a saia da jovem era tão imaculada quanto uma criança que acaba de nascer. Sem perceber, Buha já estava entregando duas notas de mil wons à poeta. Sem levantar a cabeça, ela estendeu a mão e pegou as notas de Buha. Os estudantes do ensino médio compraram o ingresso logo depois dele.

Buha, que nunca tinha entrado no teatro para assistir a uma peça de áudio, passou pela entrada da biblioteca em passos lentos e foi se sentar no sofá ao lado dos estudantes, que o ultrapassaram, não se sabe quando. Orientando-se com a bengala, a jovem cega entrou na sala de espetáculos que lhe parecia familiar. Só depois de se sentar é que Buha foi olhar a capa do panfleto que trazia impresso o título da peça do dia: *O mocho cego*. Havia sido a mesma peça a semana toda. E, segundo o panfleto, hoje era o último dia de espetáculo do teatro de áudio.

Por algum motivo, um dos estudantes ria sozinho, olhando para a jovem cega. E, quando cruzou o olhar com o de Buha, parou de imediato. Em seguida, passou a encará-lo, acreditando, por engano, que o olhar de Buha teria sido uma repreensão. A poeta colocou o disco no aparelho de som no canto da sala de espetáculos. E disse, em pé, naquele mesmo lugar.

"A peça de hoje é *O mocho cego*, de Sadeq Hedayat." Buha reparou que ele prestava atenção na voz da poeta sem perceber. Ele ouviu a fala da poeta totalmente petrificado, sem poder expirar nem inspirar.

A poeta prosseguiu após uma breve pausa, depois da primeira frase.

"Hedayat é um escritor iraniano e *O mocho cego* é seu principal título. É uma obra muito reconhecida por estar repleta de sofrimento e fantasia e pela estética pessimista. O efeito fantasioso e surrealista se deve à misteriosa repetição de enunciados ao longo da obra. Nascido em Teerã, Hedayat trabalhou num banco, depois de estudar na Bélgica e na França. Escreveu *O mocho cego* durante uma viagem de um ano à Índia. Ele foi também o primeiro tradutor a verter *A metamorfose*, de Kafka, para o persa. Houve uma tentativa frustrada de suicídio em sua vida. Ele tinha 24 anos e estudava em Paris. Um dia, voltando de um encontro com os amigos num café, ele se jogou de uma ponte do rio Sena. Mas ele não sabia que um casal estava namorando debaixo daquela ponte. O homem saltou imediatamente e resgatou Hedayat um pouco antes de ele se afogar. Ele não sabia nadar. Em vida, ele não teve reconhecimento como escritor no Irã e era quase anônimo. Os poucos críticos que falavam de suas obras o faziam em tom de deboche ou sarcasmo. Ademais, a forte influência ocidental em suas obras acabou se refletindo em sua posição política também. Ele nunca se casou. Em 1950, um médico muito próximo dele, em Teerã, forjou-lhe um certificado médico dizendo que ele tinha uma doença incurável. Graças a isso, Hedayat pôde deixar o Irã. De volta a Paris, pôs fim à vida se suicidando em abril de 1951..."

Hesitando um pouco, a poeta parou por um momento e voltou a falar: "Bem, então, vamos começar a peça de teatro de áudio...".

Os estudantes anotavam à caneta a fala da poeta, no canto do panfleto. Mas pareciam desapontados porque ela não tinha falado muito sobre a peça em si. A poeta vestia uma saia de verão, que drapejava como um pano de prato, e uma blusa branca. Quando ela virou o corpo, depois de terminar de falar, deixou à mostra sob a saia um par de panturrilhas magras com tendões salientes, pés pateticamente pequenos e sapatos que brilhavam como novos, mas pareciam usados. Tinha os cabelos amarrados num rabo de cavalo baixo nas costas. Era uma mulher jovem como qualquer outra, vestida de maneira antiquada e simples. Aos olhos de Buha, a poeta parecia ter pouco interesse em sua aparência exterior ou em padrões de beleza. Pensando bem, e pelo que ele se lembrava, a poeta estava sempre vestida daquele jeito. Será que ela não tinha outra roupa?

A poeta ligou o áudio. Ouviu-se a vinheta e começou o monólogo da protagonista.

"Na vida, há feridas, como a hanseníase, que se apoderam do espírito aos poucos, na solidão..."

Era a voz da poeta, que ele tinha ouvido pela primeira vez naquele dia. Mas Buha já conhecia essa voz.

Talvez eles se conhecessem há muito mais tempo do que Buha achava. A voz da poeta era a terceira gruta que eles procuravam. Porque quando a poeta abria a boca na tela da televisão muda, a voz da freelancer Yeoni dizia assim, do outro lado da linha:

Não. Esteja. Longe. De. Mim. Um. Só. Dia. Porque.
Porque. O. Dia. É. Longo.
E. Eu. Estarei. Te. Esperando.

Buha estava em pé do lado de fora da porta de vidro do teatro de áudio. Na estreita rua do teatro havia moradores da região em sua caminhada de fim de tarde, gente saindo do trabalho, um automóvel azul dirigido por uma mulher de meia-idade, um casal de mãos dadas, que parecia ser um casal comum ou colegas de escola primária que se reencontraram depois de quarenta anos. Todos eles estavam se movendo para a frente numa velocidade regular, mas paravam os movimentos de quando em quando, como se tivessem se lembrado de coisas repentinamente, olhando para placas, vitrines das pequenas lojas, pedestres ou o céu. Um homem, que levava na mão uma gaiola de pássaro com um filhote de gato dentro, esbarrou em Buha. O homem, vestindo um casaco longo de mangas largas apesar do tempo quente, pediu desculpas com uma voz desajeitada, com a manga na frente da boca. E se afastou às pressas, como um ladrão. Olhando para o homem que se afastava, Buha acreditou que era um batedor de carteiras e que tinha levado a sua. Esbarrar sem dizer nada e desaparecer às pressas. Essas eram atitudes de típicos batedores de carteiras. A angústia tomou conta dele. Procurou pela carteira no bolso de trás. Como imaginado, ela não estava lá. Mas logo em seguida Buha se lembrou que tinha saído com apenas algumas notas no bolso, sem a carteira. É que não gostava de ter os bolsos cheios de coisas fazendo volume.

O casal de mãos dadas, que parecia ser um casal comum em sua habitual caminhada de fim de tarde, ou colegas de escola primária que se reencontraram depois de quarenta anos, parou de andar. Assim que a mulher levantou o rosto, por entre os cabelos artificialmente pretos, nítidas marcas de varíola sobre sua pele escura lhe chamaram a atenção. O homem levantou a mão cheia de calos e apontou para o teatro de áudio. A mulher de rosto com marcas de varíola disse, olhando para o homem com a expressão repleta de sôfrego amor: "Você não vai me deixar de verdade como escreveu na carta, não é mesmo?". Então, em meio à atmosfera sem uma corrente de vento sequer, a saia da mulher drapejou como um velho pano de prato, deixando à mostra um par de panturrilhas magras com tendões salientes, pés pateticamente pequenos e sapatos que brilhavam como novos, mas pareciam usados.

No momento em que viu aquela cena, Buha foi tomado por uma insuportável dor de cabeça. Era uma dor extrema, daquelas que nos fazem gritar. Um sino de metal tocava freneticamente bem no fundo de seu ouvido. Buha ficou imobilizado, sem poder se mexer. Parecia que alguém estava cravando um prego no alto de sua cabeça. A cada martelada, Buha tinha de agarrar a cabeça desesperadamente. Sem saber para onde se dirigia, ele seguiu em frente remexendo os braços.

* * *

Com a dor abrandada, Buha levantou os olhos, sentindo-se ainda atordoado. Surpreso, percebeu que o rosto da poeta se encontrava literalmente bem em frente de seus olhos. Sua imagem desconcertada se refletia com nitidez nos olhos arregalados da poeta. Grandes, escancaradas e abertas como uma flor na última fase, completamente tomadas pela emoção, inteiramente entregues a essa emoção, imóveis, assim eram suas pupilas. Sem ao menos perceber, suas mãos estavam sobre o rosto dela. Era um rosto imóvel sob a palma de suas mãos. O rosto que parecia dizer: eu sou emoção. Mas o que estava realmente sob as palmas de suas mãos era a porta de vidro morna e pegajosa. Como se fosse uma espécie de resposta, a poeta lentamente levantou suas mãos e foi ao encontro das de Buha. As mãos deles se sobrepuseram sem se tocar. Seus corações batiam acelerados, porém em silêncio. Redemoinhos de sangue pulsavam com força contra as paredes de suas veias. Assim eles se uniram, sem se tocar.

Os lábios da poeta pareciam dizer: "Nós não somos nada". Na verdade, não se ouvia nada por causa da espessa porta de vidro, mas Buha sentiu e teve a certeza de que a poeta estava dizendo: "Nós não somos nada. Agora não há mais nada entre nós. Voltamos a não ser mais nada um para o outro".

"Há muito tempo nós... nos conhecemos muito bem!", disse Buha de repente, tomado por uma emoção que ele desconhecia. "Seu olhar, sua voz, você não faz ideia de como tudo isso me é próximo e familiar!"

Então a poeta mexeu os lábios mais vigorosamente e parecia dizer a seguinte frase: "Isso tudo acabou. Acabou".

"Não, não pode ter acabado assim! Abra a porta!"

Não, não posso abrir a porta. A poeta disse não com a cabeça.

"Por que não?"

Porque eu posso morrer.

"Morrer? Que bobeira é essa? Você não vai morrer! Você vai viver muito tempo, vai envelhecer ao meu lado, gozando da longevidade de um elefante! Você não vai morrer! Não vai!", disse Buha balançando os braços de maneira exagerada, com a voz firme, porém baixa. É que tinha percebido a chegada de dois porteiros que o observavam há algum tempo. Um dos porteiros segurou-lhe os braços dizendo algo, mas Buha não conseguia ouvir nada do que ele dizia. "Eu não estou louco nem bêbado. Não fiz nada de mal para aquela mulher. Nós nos conhecemos há muito tempo, por muito tempo nós... temos olhado um para o outro e vamos continuar assim."

Os porteiros não deram ouvidos aos seus murmúrios. Para eles, Buha não passava de um louco. Ou de um bêbado. Assim que o sinal abriu, o automóvel azul da mulher de meia-idade partiu. Petrificada, a poeta observava Buha com os olhos arregalados do outro lado da porta de vidro. A imagem desconcertada de Buha se refletia com nitidez nas pupilas arregaladas da poeta imóvel. A imagem de Buha era sugada pelas pupilas da poeta, da mesma forma que a areia desce intensamente pelo orifício entre os bulbos de uma ampulheta, sem movimento ou som algum. Aquele rosto estranhamente magro com órbitas oculares profundas como grutas e lábios ressecados, um rosto com nítidas veias capilares vermelhas riscando suas escleras.

3

Era por volta de meio-dia quando eles abriram os olhos. O calor do momento mais quente do dia invadia o pequeno quarto pela janela sem cortinas. Eles sentiram a intensidade da luz como se tivessem as pupilas expostas, sem a proteção das pálpebras.

Eles não abriram os olhos porque já haviam descansado o suficiente ou porque o mundo estava claro demais. Foi só pelo calor. Estava insuportavelmente quente. O quarto inteiro estava ardendo. Meio acordados, eles tiraram cerveja e pepino da geladeira. Aquela geladeira parecia mágica, sempre havia cerveja e pepino todas as vezes que era aberta.

Outro motivo para eles terem acordado foi por causa do telefone de Ayami que tocou debaixo do travesseiro. Ela o atendeu com um pepino na mão.

Ayami trocou algumas poucas palavras durante um curto momento.

"Que hora para ligar. Quem é?", disse o homem, resmungando.

"Era da emissora", respondeu Ayami. "E não é uma hora tão inadequada assim, porque já é meio-dia."

"Estou falando desse calor infernal", resmungou o homem com uma lata de cerveja na mão. "E como pode já ser meio-dia se nem parece que dormi, oras!"

O resmungar do homem soou como uma reclamação. Calado, ele observou o minúsculo quarto. Havia um frasco de comprimidos azuis sobre a mesa ao lado da cama e um rádio amarelo em formato de caixa sobre a prateleira. Era um objeto daqueles encontrados em antiquários ou em mercados de pulgas. O único livro na estante chamou-lhe a atenção. Era *O mocho cego*, de um escritor de quem o homem nunca tinha ouvido falar. O resto do espaço que não estava tomado pela cama e por outros móveis mal permitia a passagem de uma só pessoa. A janela estava aberta, mas não entrava ar fresco por causa do maldito muro quase colado a ela. E, ao mesmo tempo, o muro permitia a entrada de toda a luz e o calor do sol. Ao pé da janela, sobre uma fina prancha de madeira, havia uma vela derretida e encurvada, e sobre a mesa, ao lado do frasco de comprimidos, havia um lápis e um pedaço de papel, como se alguém os tivesse deixado ali, enquanto escrevia uma carta.

Deitando de lado, o homem voltou a resmungar. "O ar está mais pesado do que um edredom molhado... Eu preciso dormir mais... Acho que vou dormir na banheira de água fria... Onde é o banheiro?"

"Não tem banheiro", respondeu Ayami de olhos fechados, enquanto mastigava o pepino gelado. Então o homem, até o momento com cara de sono, arregalou os olhos.

"O quê? E onde é que se toma banho, então?"

"Há uma torneira na cozinha e um balde de lata. É só se lavar ali", Ayami respondeu lentamente, com a voz tranquila.

"O quê? Você disse torneira?", o homem reclamou quase gritando. Depois de se levantar da cama com alguma dificuldade, ele saiu do quarto, foi até a cozinha e balançou a cabeça com força ao constatar a torneira pingando.

O homem voltou para o quarto e se deitou. "Torneira? Voei doze horas desde o outro lado do continente e tenho que ficar suando feito um porco sem poder tomar uma ducha."

Reclamando, o homem esvaziou a lata de cerveja que tinha deixado sobre a mesa. E fechou os olhos. Exausto, ele voltou a cair no sono, mas acordou repentinamente depois de algumas horas. Agora. Você. Já. Deve. Saber. Que. As. Três. Grutas. Se. Referem. A. Três. Orifícios. Do. Meu. Corpo. Mas. É. Um. Lugar. Que. Pertence. A. Você. Também. Porque. Esse. Lugar. Ganhou. Personalidade. Própria. Através. De. Você. O. Que. Será. Que. Nós. Somos. Se. Não. Fossem. Pelos. Fatores. De. Intercomunicação. Física... Temperatura. Diurna. Trinta. E. Nove. Graus. Celsius. Sem. Previsão. De. Vento. Sem. Sombra. Risco. De. Queimadura. Trinta. E. Nove. Graus. Sem. Vento. Sem. Sombra. Cidade. Em. Pleno. Dia. Previsão. De. Miragem. Sem. Vento. Sem. Nuvens. Céu. Sem. Cores...

"Que som é esse?", o homem perguntou, deitado, olhando para o teto.

"É o rádio", respondeu Ayami sentada na beirada cama, tirando a blusa molhada de suor.

"Por que você ligou o rádio logo agora?" Estava claro, na voz do homem, que ele continha a raiva.

"Ele ligou sozinho."

"Desligue, então."

"Não posso. Isso é impossível."

"Por que é impossível?"

"O rádio... o botão está quebrado. É por isso que liga e desliga sozinho."

"Então é só tirar da tomada."

"Não posso. Isso é impossível."

"Por que diz que é impossível?"

"Eu... eu tenho medo de interferência eletrônica. Porque pode ser algo tão perigoso quanto gás, faca ou raio."

Não havia mais resquícios de sono no rosto do homem. Ainda deitado, ele falou em voz baixa:

"Yeoni, parece que você faz isso de propósito para me deixar nervoso."

"Não é de propósito. Olhe, o rádio está desligado. É só se acostumar que depois você nem vai perceber. E eu não sou Yeoni."

"Não é Yeoni? Então quem é você?", perguntou o homem com a voz surpresa. "O editor disse que Yeoni viria me buscar no aeroporto de Incheon. Por isso, desde ontem à noite, aliás, desde esta madrugada achei que você era Yeoni."

"Eu tinha ouvido falar que você e Yeoni já se conheciam. Que estavam sentados por coincidência um ao lado do outro durante uma viagem de trem na Europa. Não foi isso?"

"Quem viajou por coincidência sentado ao lado de Yeoni no trem não fui eu, mas meu editor. Foi ele quem pediu para Yeoni me ajudar." O homem suspirou. "Nunca vi essa mulher chamada Yeoni, e antes de o editor falar dela, eu nem sabia da sua existência. E continuo sem saber nada dela, além do nome. Bom, quem quer que ela seja, é certo que, se eu não levar o texto desta vez, o editor vai me matar."

"Foi Yeoni quem me pediu esse favor também. Para que eu o ajudasse a escrever poemas. Mas ela não falou nada sobre como ajudar um poeta a escrever."

"Eu não sou poeta", o homem disse secamente. "Não que

eu me sinta ofendido quando me chamam de poeta, mas isso seria embelezar demais."

"Então quem é você?"

"Eu me chamo Volpi."

"Se você não é um poeta que veio à Coreia escrever, o que veio fazer aqui?"

"Eu vim escrever, sim. Mas não poemas."

"Que tipo de texto, então?"

"Eu escrevo romances policiais."

"Desculpe. É que Yeoni disse que você era poeta…"

"Não precisa se desculpar. Mas fiquei um pouco curioso em saber como ela, Yeoni, falou de mim."

"Virá um poeta."

"O quê?"

"Yeoni disse claramente. 'Virá um poeta', foi o que ela disse."

Eles viraram o rosto e se olharam de frente.

O escritor de romances policiais era um homem de rosto arredondado e roliço, as costas longas, curvadas, e braços compridos. Como estava deitado, coberto de suor, seus cabelos castanho-escuros estavam colados à testa. Sua camisa, escurecida por estar molhada de suor, provavelmente era marrom-clara. Na hora em que o sol da tarde mais iluminava o interior da casa, via-se nitidamente as pupilas do escritor de romances policiais, sob sobrancelhas grossas, castanho-claras, luzidias, beirando a palidez. Os cílios que resguardam as pupilas e os pelos que lhe cobriam os braços e as mãos também brilhavam, um por um, reluzindo um marrom-claro transparente, quase incolor, sob a luz do sol da tarde. Aquele era um rosto de 35 ou 65 anos, dependendo da situação, um tipo de rosto que Ayami nunca tinha visto de perto.

"Mas agora já devemos estar na metade da tarde. Isto é, só se não tivermos dormido o dia todo e já não for amanhã."

"Estamos na metade da tarde de hoje. E não na metade da tarde de amanhã", Ayami respondeu com a voz séria. "Para ser mais precisa, não dá para dizer que estamos na metade da tarde. Já são seis horas da tarde."

"O quê? Você não disse há pouco que era meio-dia?"

"Isso foi há seis horas."

"Eu devo ter voltado a cair no sono. Só fico surpreso em constatar como uma pessoa consegue dormir num quarto tão quente como esse."

"Não sei se isso pode fazê-lo sentir melhor... Mas está mais quente lá fora."

"Como sabe disso?"

"É que eu dei uma saída."

"Tudo isso que aconteceu comigo desde ontem de noite, aliás, desde a madrugada de hoje, parece uma sequência de pesadelos", disse Volpi, suspirando. "Essa sensação... É como se eu tivesse planejado pegar um avião para Helsinque, mas por acaso acabei pegando um avião errado por ter confundido o portão de embarque, e depois de doze horas de voo, tivesse chegado a um lugar completamente desconhecido. Um país cuja língua não conheço, sem nenhuma informação ou conhecidos, desconheço até mesmo o nome do lugar."

"Mas você teve quem fosse buscá-lo no aeroporto."

"Só que essa pessoa não era a que eu esperava — a Yeoni de Helsinque —, era uma pessoa completamente desconhecida. É por isso que eu me sinto como se tivesse chegado a um lugar errado. Nem tenho mais como saber onde estou. Se você disser que estamos em Beijing ou em Taipei, não tenho escolha a não ser acreditar em você. Mas por coincidência eu tenho a impressão de estar em Seul, estou certo?"

"Sim", Ayami respondeu sucintamente.

"Como eu voei para cá depois de duas noites em claro, ontem à noite, aliás, hoje de madrugada estava morto de cansaço. Mas, chegando ao aeroporto, que era internacional, por incrível que pareça, não havia luz. Eu sei, disseram que aquilo nunca tinha acontecido antes. Estava escuro, embaçado, fosco, todos os objetos cobertos pela sombra, um espaço cego de teto baixo. A fila da imigração era eternamente longa, mas o mais insuportável era o ar pegajoso, esse mormaço de ar pesado e quente que gruda na sua pele, sufocando, como sanguessugas invisíveis. Só consegui dar entrada na imigração depois dessa espera de uma hora que não acabava mais. Mas a luz e o ar-condicionado continuavam sem funcionar. Eu estava exausto. Por isso ontem, ou melhor, hoje de madrugada não consegui perguntar nada a você. Acho que dormi durante toda a viagem de táxi para cá. Mas chegando aqui, antes mesmo de o sol nascer, tive que subir essa ladeira carregando uma mala pesada. Mesmo sendo madrugada, esse calor danado, e esse ar repleto de umidade de sauna me fizeram ficar todo suado. Mas estava tão cansado e sem forças para trocar de roupa ou me lavar, que simplesmente me deitei e caí no sono. É claro que não estava esperando um banho num quarto de hotel com vista para o mar, ou desfrutar de um café da manhã europeu e trabalhar tomando um Singapore Sling num balcão de mármore com sombra de palmeira. Eu não sou esse tipo de escritor burguês. E meu editor sabe disso melhor do que ninguém. Estou aqui porque a minha protagonista está morta. Apesar de eu ainda não conhecer nem o nome nem a identidade dela. De onde ela veio? Quem será? Só decidi que ela vivia em algum lugar da Ásia. Para ser mais preciso, tinha que ser uma cidade do extremo oriente, que eu não conhecesse, na casa de uma mulher chamada Yeoni. É, é realmente uma mulher infeliz. Não Yeoni, mas minha protagonista. Será que Yeoni é minha... é minha protagonista? Bem, Yeoni não tinha dinheiro, mas tinha um homem. O dinheiro é sempre o mesmo, mas cada homem é diferente e único, não é? Então a questão é o tipo de homem. Mas quem de nós será menos infeliz? O que eu quero é escrever seguindo os passos dela. Foi para isso que vim até aqui. Ainda não cheguei a imaginar que ela poderia ter morrido sufocada num casebre de concreto, desprovido até de banheiro, no alto de uma ladeira em Seul. Duvido até que esse lugar tenha espaço para alojar um corpo. Se tivesse de esconder um cadáver aqui, só poderia ser entre o teto e o telhado. De toda forma, eu tenho que encontrar um lugar desses. Mas agora pensei por um momento que posso ter sido sequestrado por essa mulher que eu achava ser Yeoni, e estar num lugar completamente inesperado."

"Não fale tão rápido. Não fale tanto de uma vez só e não use tantas palavras irônicas, assim não consigo entender nada do que você diz."

"Não importa, porque isso não deve ser importante nem para você nem para mim. Mas, se você não é Yeoni, quem é, então? Não, não precisa explicar, só me diga seu nome para eu saber como chamá-la. Qual é seu nome?"

"Ayami."

"Ayami, para onde você foi nesse calor?"

"Fui à emissora."
"Você trabalha lá?"
"Não. Fui fazer outra coisa."
Ayami foi para a cozinha, abriu a torneira no balde de lata e foi jogando água no corpo para se lavar. O barulho de água caindo no chão de cimento soou por um tempo, e logo parou. Quando ela voltou para o quarto, Volpi, sentado à beira da cama, perguntou, mostrando o panfleto tirado do casaco:
"Encontrei um objeto estranho no meu bolso. Na verdade, eu achava que tinha sido vítima de um batedor de carteiras no aeroporto. Tinha acabado de escapar da imigração na sala embaçada e escura, onde todas as pessoas, enormes bagagens e malas formavam uma massa de sombra rara, parecendo fantasmas que passavam pelo terminal que dá acesso ao mundo do além. Eles carregavam mochilas nas costas e empurravam carrinhos sobrecarregados, como se tivessem certeza de que o peso e o volume das suas bagagens tivessem algum tipo de ligação determinante com o último processo de identificação neste mundo. Naquele momento, um homem passou por mim, esbarrando com força. No começo, achei que era um louco que tinha perdido a sanidade mental por causa do calor. Porque ele vestia um casaco pesado de mangas longas, com as quais cobria a boca. Além disso, debaixo das mangas, que eram bem largas, parecia esconder algo semelhante a uma gaiola de pássaro, mas, como eu disse, não havia luz por causa do apagão, só uma fraca luz de emergência, e não era possível ver direito. De todo modo, pensei: que sorte a minha não ter trazido cartão de crédito. Ainda bem que tinha enfiado a carteira na mochila e não no bolso da blusa. Cuidado, Volpi, você está no estrangeiro.

Não só no estrangeiro, mas num país onde você nunca esteve e cuja língua não fala. Eu queria ir correndo atrás dos policiais do aeroporto para denunciar o homem de casaco, mas não conseguia ver nada por causa do apagão. Aquilo não teria adiantado nada. É certo que os policiais dormiam com os olhos semicerrados. E como é que eu ia encontrar o posto policial num aeroporto daquele jeito? E eles iam entender inglês?"

"Não fale tão rápido. Não fale tanto de uma vez só e não use tantas ironias estranhas, assim não consigo entender nada do que você diz."

"Que droga, oras. Alguém esbarrou em mim no aeroporto e eu pensei que tivesse sido vítima de um batedor de carteiras!"

"É mesmo? E o que ele levou de você?"

"Mas acho que não era um batedor de carteiras. Mesmo que fosse, pelo menos não levou nada do meu bolso. Em vez disso, ele deixou alguma coisa, isso é certo. Porque eu fui olhar o bolso da blusa e encontrei esse panfleto... Parece a divulgação de uma exposição."

"É isso mesmo... É material para divulgar uma exposição de fotografia", disse Ayami, observando o panfleto. Ayami leu o título em voz baixa. "*De onde viemos? O que somos? Para onde vamos?*"

"O que está dizendo?"

"É o nome da exposição de fotografia. *De onde viemos? O que somos? Para onde vamos?*"

"Que jeito inusitado de promover exposições neste país", Volpi disse em tom nada irônico, mas muito sério. "É uma exposição de algum fotógrafo coreano?"

"É uma exposição de fotos tiradas não por fotógrafos, mas por poetas."

"Poetas."

"Dê uma passada se tiver interesse. Parece que o local é um teatro não muito longe daqui. Além disso, a exposição vai estar aberta até a noite, porque hoje é o dia da inauguração."

"Vamos, então. Preciso esboçar a paisagem da cidade, de qualquer maneira."

"Sabe, na madrugada de hoje, no aeroporto, eu...", Ayami começou a falar devagar, "fiquei muito assustada porque o mundo simplesmente desapareceu diante dos meus olhos. O terminal de desembarque do aeroporto, sempre desnecessariamente iluminado, todos os portões do desembarque e você, que estava prestes a aparecer por ali, simplesmente desapareceram, apagaram-se diante dos meus olhos, sem ao menos um clique. Na verdade, em vez dos objetos, eu sentia como se minhas pupilas tivessem desaparecido. Instintivamente, levantei as mãos para tatear o vazio da escuridão. Porém, quando piscava os olhos, via formas na escuridão. Não a forma real, mas formas abstratas... Elas pareciam fantasmas em fuga tardia. Eram almas remanescentes depois da morte dos objetos."

"O que eu não entendo até agora é como nós dois nos reconhecemos no meio daquele negrume."

"Depois que você atravessou o portão de desembarque, veio em linha reta na minha direção, como se me conhecesse."

"Mas aquilo foi pura coincidência. Eu apenas continuei andando."

"E você levantou a mão e, hesitando um pouco, acenou, como se me cumprimentasse, igual àquele homem na sombra densa da estátua de pedra."

"Ayami, estou dizendo que aquilo foi pura coincidência. Eu

só queria dissipar um pouco a escuridão porque não conseguia ver nada..."

"Foi por isso que eu soube que você era... você."

***

Ayami secou os cabelos sentada perto da janela com a vela curva. O panfleto da exposição estava no colo dela. Um cheiro de arroz cozido exalava da panela. O ar quente, mais pesado do que um edredom molhado, forçava sua entrada pela janela como uma massa corpulenta naquela minúscula casa de um cômodo sem ventilador nem ar-condicionado.

"Com o que você trabalha?", Volpi perguntou a Ayami, depois de tê-la observado em silêncio por um tempo.

"Eu sou atriz. Apesar de não ter nenhum papel no momento."

"Ah, então é por isso que recebe ligações da emissora", Volpi murmurou para si. "Então você já participou de algum filme? Ou trabalha mais em peças teatrais?"

"Só trabalhei uma vez diante de câmeras, para um filme performático de um diretor muito jovem. Era um filme de quatro minutos, sem roteiro nem continuidade."

"O que seria um filme performático?"

"A gente tinha que improvisar e ficar falando o tempo todo. No Burger King do centro. Era por volta de meia-noite. Só que a gente tinha de incluir obrigatoriamente três palavras."

"Que palavras eram?"

"Fralda, Grécia e segredo."

"Espere um pouco que chegou uma ligação da Grécia. Não bisbilhotem porque é segredo. Mas o que é aquilo no chão? É uma fralda. Tipo isso?"

"É isso mesmo."

"Qual era seu papel? Se é que se pode chamar de papel, é claro."

"Eu era uma jovem cega. Vestida com roupa de algodão de textura áspera, sandálias de tecido de cânhamo trançado grosseiramente e uma bengala branca na mão, eu começava a conversa com um ator vestido de terno marrom depois de ter esbarrado com ele."

"Interessante."

"Cada um falou sobre sua tia. Uma tia rica."

"Eu também tinha uma tia assim. Ela morava numa mansão com três pianos de cauda e piscina. Era brava e de personalidade difícil. Mas ela faleceu há muito tempo. Acidente de trânsito."

"Acidente de trânsito? Foi um acidente com um ônibus?"

"Não. Foi atropelada pelo carro do vizinho sobre a faixa de pedestres. O acidente danificou seus rins, ela ficou sem poder urinar durante dois meses e sofreu muito até morrer."

"Que estranho", disse Ayami olhando seriamente para o rosto de Volpi.

"Não há nada de estranho. O carro esmagou o abdômen dela."

"Não é isso. Eu não consigo ler seus lábios."

"Ayami, então você lê lábios."

"Sim. Na maioria das vezes. Eu entendo muito do que você diz, mas é estranho porque não consigo ler seus lábios. É uma sensação estranha."

Eles tiraram cerveja e pepino da geladeira. Aquela geladeira parecia mágica, sempre havia cerveja e pepino todas as vezes que era aberta.

"Nessa época do ano eu costumo sonhar comigo mesma me arrastando até uma banheira, inexistente na realidade, cheia de água gelada, com um papagaio no colo", disse Ayami. "E o papagaio costuma fincar as garras no meu peito, soltando um mugido alto e longo como um bovino. É a época do ano em que meu sentimento se expande até o mais longe possível."

Não haviam se passado nem cinco minutos que Volpi tinha tomado banho na pia da cozinha, mas voltou a sentir a pele pegajosa e o ar quente grudar em seus poros.

"O corpo da mulher está sob o telhado, mas isso ainda continua incógnito." Volpi tirou o notebook e começou a digitar com os dois dedos indicadores feito palitos. "De onde viemos? O que somos? Para onde vamos?"

"O que você está murmurando? Já começou a escrever?", perguntou Ayami.

"Só estou esboçando as primeiras impressões. Não ligue", respondeu Volpi, ainda batendo no teclado.

"Só sei fazer arroz branco. Vai querer mesmo assim?", perguntou Ayami se dirigindo à cozinha.

Volpi continuou digitando sem responder (ele tinha o hábito de ler murmurando enquanto escrevia). "Uma tarde quente em que as unhas de papagaio se cravam nos peitos. Um mugido de boi angustiante e surreal soou pela janela."

Depois de botar a mesa na escrivaninha usada também nas refeições, Ayami vestiu o *hanbok* branco de algodão com a saia até a canela que estava no pequeno armário no canto do quarto e prendeu os cabelos num rabo de cavalo baixo nas costas. O tecido farfalhava quando Ayami se mexia. Ayami cheirava a tecido de algodão engomado de maneira rústica.

"Essa roupa é para alguma ocasião especial?", perguntou Volpi.

"É a roupa que usei no filme de performance."

"E pretende sair com ela?"

"A roupa que eu estava usando há pouco está toda suada. Preciso lavar e não tenho outra para sair."

Eles se sentaram à mesa para comer. Havia kimchi de pepino e salada de pepino. Volpi pegou outra cerveja da geladeira, por causa do calor e da sede. Apesar da fome, comeu muito pouco porque era uma comida desconhecida para ele. Acima de tudo, o arroz, recém-cozido, estava quente demais para seu paladar. Ayami terminou uma porção de arroz e foi buscar mais. Tomando sua cerveja, Volpi observou-a com os olhos cheios de curiosidade.

No final da tarde, eles saíram nesse ar ainda quente, apesar de o sol já estar bastante baixo.

"Ontem à noite, ou melhor, esta manhã, você falava enquanto dormia nesse calor cruel. É claro que eu não entendi nada. Você estava sonhando, por acaso?", perguntou Volpi enquanto desciam a ladeira.

"No sonho, eu era uma vendedora de bebida alcoólica", respondeu Ayami tranquilamente.

"Vendedora de bebida alcoólica? Significa que você trabalhava num bar?", perguntou Volpi, um pouco confuso.

"Não. Era Maria, que vende bebida alcoólica no deserto do Norte. Levava essa bebida branca feita em casa num jarro para vender à beira da estrada para caminhoneiros sedentos que atravessam o deserto. Dez centavos o copo."

"Então, vendeu muito dessa bebida?"

"Não", Ayami meneou a cabeça. "Eu andava e andava, o dia inteiro. Devem ter sido alguns minutos no sonho, mas naquele mundo o dia era infinitamente longo, muito longo. Quando as pessoas dizem 'uma eternidade mais um dia', esse um dia adicional também é uma eternidade. Essa era a sensação. Eu andava o deserto sem vida carregando o jarro pesado e, a cada passo, o líquido leitoso vertido da jarra caía sobre o dorso dos meus pés. Do líquido leitoso exalava um aroma de bebida fermentada de pétalas de flores. Minha língua ardia. Por isso, bebi a bebida branca do jarro, mas a sede era eterna."

***

Eles chegaram de ônibus ao local da exposição. Era um lugar pequeno e até recentemente — na verdade até um dia atrás — havia sido o único teatro de áudio da Coreia. Eles foram comprar os ingressos, mas tendo encontrado na entrada, vazia, uma placa que dizia "Exposição gratuita", entraram. O teatro, localizado no térreo de um edifício, consistia numa pequena sala de espetáculos que ficava no fim de um lobby comprido e uma pequena biblioteca. Esta, visível da porta de vidro, estava vazia e fechada. As fotografias estavam expostas na sala de espetáculos sem os equipamentos de som. Ao entrar na exposição, eles se depararam com alguns estudantes do ensino médio saindo todos juntos. Ruidosos e como se fugissem, eles se apressaram em deixar a exposição. Ayami procurou com os olhos o professor deles, mas não o encontrou.

***

No passado, as pessoas tinham uma espécie de temor infundado por fotografias. Acreditavam que a câmera reproduzia suas imagens e lhes roubava a alma. O pior é que as réplicas, além de sobreviver por mais tempo que os originais, tinham aspectos mágicos. Esse temor supersticioso do passado, portanto, permanece ainda nos dias de hoje. Porque é possível notar que a fotografia capta o instante macabro por entre as realidades, amplifica o estremecimento não identificado, e lhe dá forma como as máscaras mortuárias. Ao contrário de uma pintura artística, na fotografia a captura do instante macabro ou sua revelação não vêm nem da intenção do fotógrafo nem da imagem original. Aquilo que a câmera apreende é o momento do fantasma vestido de objeto. Essa é a definição de sonho num sentido mais amplo. Ao contrário de uma pintura artística, na fotografia, aquele que controla o sonho não é nem o fotógrafo nem a imagem original. Existem, em todos os objetos, dimensões e composições não visíveis. É isso que forma o segredo dos objetos. A magia das fotografias está infiltrada no pasmo silencioso e estático, independente da intenção daqueles que as tiram ou dos que aparecem nelas. Imaginemos nossa casa num dia em que já deixamos de existir. Em algum lugar dessa casa, nosso fantasma aparecerá silencioso e passeará sozinho dentro do espelho cegamente embaçado.

Por exemplo, como essas fotos, pensou Volpi.

Ele estava diante de duas fotografias. *Lua de mel I* e *Lua de mel II* eram seus respectivos títulos. *Lua de mel I* era a foto de uma mulher. Ela estava na frente da fachada de um edifício decorado com relevos grandes e pesados. Eram relevos formados por uma sequência de rostos abstratos que lembravam obras de Paul Klee. Havia vitrines de butiques chiques no térreo e, aparentemente, os relevos cobriam todo o edifício a partir do primeiro andar. Num dia muito quente de verão, no local da lua de mel, a mulher trajava um vestido de algodão branco, rusticamente engomado, e sem enfeites. Ela tinha os cabelos, volumosos e negros, presos num rabo de cavalo nas costas, e seus pés, que apareciam sob a saia, calçavam sandálias feitas com tecido de cânhamo trançado de modo grosseiro. Como quem tinha sido pega de surpresa, ela estava meio virada, olhando para a câmera. Mas como o foco não estava nela, e sim num trecho dos relevos da fachada, não era possível reconhecer seu rosto. As expressões do relevo marrom-escuro ocupavam grande parte da enorme fotografia. Diversas e variadas expressões, uma simetria sinistra formada por rostos semelhantes a máscaras de lula ou de macaco. A imagem das costas da mulher se refletia na vidraçaria da butique. Ela não trazia nada nas mãos, que estavam levemente voltadas para cima. A vidraçaria da butique refletia, como um espelho obscuro, imagens apagadas de automóveis e pedestres que atravessavam a rua por trás da mulher. Todos eles tinham os braços fixos no ar, como bonecos quebrados.

    A fotografia *Lua de mel II* tinha como paisagem a piscina de um jardim. Era uma foto tirada de manhã cedo, provavelmente sob a luz do alvorecer, através da qual era possível sentir o orvalho que umedecia as árvores de cipreste. Havia, no fundo da piscina, um apetrecho de limpeza, uma esponja talvez, grande, preta e redonda, e uma mangueira fora da água. Centopeias com milhares de pés, aranhas e filhotes de cobras flutuavam na superfície da piscina junto com resíduos não identificáveis da noite. No canto da fotografia, aparecia uma casa de campo feita de arenito da cor de areia. Da janela de um dos quartos do térreo, uma jovem cega vestida de branco tirava o pó do cobertor. Não se via a imagem de mais ninguém. Mas havia, à beira da piscina, marcas de pegadas molhadas que atravessavam o gramado e desapareciam casa adentro.

Onde eles estariam?, pensou Volpi. Não se encontrava, em nenhum lugar da fotografia, a imagem de noivos recém-casados. A mulher estava sozinha na *Lua de mel I*, dando a impressão de que o noivo estaria tirando a foto, mas não se via a imagem dele no vidro da vitrine. E as pegadas de *Lua de mel II* também eram de uma pessoa só.

A foto, à diferença da intenção ou objetivo inicial, é a única declaração veemente que comprova o ser humano enquanto fantasma, pensou Volpi.

***

A sala de exposições era formada por uma escadaria espaçosa, igual a uma arena, por onde os visitantes subiam e desciam, contemplando cada uma das obras. Agora que o bando de estudantes do ensino médio tinha saído, só restavam Ayami, sua companhia e um homem idoso. Ayami estava sentada no segundo degrau da sala de exposições, e olhava a fotografia na parede.

O homem idoso se aproximou de Ayami sem que ela percebesse. Era um homem franzino e bem menor que ela, e tão velho que era impossível calcular sua idade. A sala de exposições era climatizada, mas mesmo assim, em pleno verão, no auge do calor, ele vestia um casaco de lã cinza de mangas largas. O casaco estava todo desfiado e remendado. Com os cabelos acinzentados de cor desbotada, as costas recurvadas como as de um corcunda, a nuca sem vigor, as pupilas cansadas por trás das lentes reluzentes de óculos para miopia, o homem parecia um bode velho com os olhos lacrimejando diante do machado de abate. As pupilas, opacas e esbranquiçadas, eram a parte mais desgastada dentre todos os elementos que compunham o físico dele. Esses olhos piscavam hesitantes, sem parar e irregularmente, como se não acreditassem no fato de ainda estar vendo o mundo. Sempre que as pálpebras piscavam, as pupilas envelheciam a uma velocidade cada vez maior.

O homem idoso se sentou ao lado de Ayami e olhou para a mesma fotografia da parede.

"Gostou da foto?", perguntou o homem idoso com uma voz fina e trêmula, fazendo méeé.

"É excêntrica", respondeu Ayami. "Nunca pensei que um ônibus quebrado pudesse ser objeto de uma obra de arte."

"As pessoas geralmente não conseguem perceber, mas você encontrou o ônibus no primeiro olhar!", sorriu o homem velho, elevando os cantos dos lábios.

"Mas o título é *Ônibus branco*", disse Ayami, com uma voz que sugeria que não era nada demais.

"Mas geralmente as pessoas se concentram primeiro na grandeza do elevado e da praça da estação, a estátua do general em seu pedestal ou a densidade da escuridão. Em compensação, o ônibus aparece num canto, quase invisível. As pessoas acham que essa fotografia é uma paisagem noturna banal de uma cidade. Além de o ônibus já ter deixado de ser branco."

A fotografia intitulada *Ônibus branco* ilustrava a praça da estação vazia, à noite. A sombra da estátua erguida sobre um alto pedestal de pedra se estendia ao longo de toda a praça. A estátua tinha um braço meio levantado, parecendo um líder prestes a começar um discurso diante de seu povo. Era uma paisagem urbana, porém todas as luzes estavam estranhamente apagadas. As lojas ao redor da galeria da praça estavam completamente mergulhadas na escuridão e tampouco se via luzes de automóveis. Havia um elevado ao lado da praça onde se alçava a estação como uma massa escura. Por trás do elevado, via-se o contorno dos arranha-céus, que pareciam uma sobreposição de lápides erguidas sobre o túmulo de um gigante chamado cidade.

"Você não deve se lembrar porque era muito nova..." Depois de um acesso de tosse, o homem velho continuou a falar, limpando gotas amareladas de saliva com a manga do casaco: "Naquela noite, houve um apagão. Depois da meia-noite, todas as luzes da cidade haviam sido estritamente proibidas e a circulação de automóveis restrita a poucas exceções. Toda a população estava ciente daquilo. Porque... corriam rumores de que haveria um ataque aéreo do inimigo à cidade. Eram rumores inquietantes e tenazes. No entanto, eles vinham do governo."

"Era época de guerra?", perguntou Ayami.

"Não. É claro que eu sou da geração que viveu a Guerra da Coreia, mas... Essa fotografia foi tirada vinte e poucos anos atrás, por isso, até onde eu saiba, não estávamos em guerra."

O homem velho foi tomado por outro acesso de tosse. Em seguida, ele continuou com a voz metálica bem fina, como se sua laringe estivesse tampada com algodão, apontando para um canto da fotografia. "Aqui, o ônibus caiu aqui."

Ao fundo da paisagem capturada pela câmera, era possível ver o ônibus que tinha despencado do elevado. O guarda-corpo do elevado se partira e o ônibus, que rolava sobre a rua, estava estilhaçado desde o teto. Mas permanecia entre as escuras sombras das colunas do elevado, além de estar muito longe, ocupando apenas um canto muito ínfimo e periférico na composição da fotografia; não era nada fácil reconhecer o local do acidente.

"É muito provável que o motorista daquele ônibus não tenha tido acesso à informação sobre o apagão", continuou o homem velho, falando sem parar. No entanto, o ato de falar exigia dele um esforço tremendo. "Aquele ônibus não era público, mas um daqueles que são alugados com o próprio motorista, que são fretados por diferentes motivos. Mas o estranho é que o motorista dirigia o ônibus vazio. Dizem que alguém teria pedido para ele percorrer a cidade durante a noite toda... Mas isso não foi confirmado. Não havia como verificar, já que o motorista estava morto. Durante o dia, ele dava aulas de filosofia da estética na faculdade, e à noite trabalhava como motorista de ônibus. Deve ter sido a sonolência. Dizem que ele quase não tinha tempo para dormir. A paisagem das ruas toda apagada e sem carros deve ter causado uma sensação de estranheza misteriosa no cérebro cansado do motorista. E enquanto todos nós fechávamos as cortinas, escondendo-nos, ele deve ter sido a única pessoa a testemunhar os caças sobrevoarem em silêncio o céu enegrecido. Olhando para o projetor da cor de sangue dos caças, ele deve ter pensado: 'Ah, é o início de uma guerra, da chacina, e do mar de sangue sobre os telhados'. Também é possível que ele tenha imaginado que era uma madrugada mitológica, sem nem chegar a pensar na possibilidade de uma guerra. Mas tudo isso não passa de pressuposições, sem confirmação alguma."

Ayami olhou para as pequenas pupilas com minúsculas manchas vermelhas, como se já tivessem começado a se decompor, por trás das lentes dos óculos do homem velho. Pálidas manchas cinza adejavam como insetos pelas pupilas. "Então, naquele dia... como é que o senhor conseguiu tirar essa foto?"

"Eu sou poeta. Um poeta desconhecido, é claro", o homem velho deu de ombros. "Mesmo em noites de blecaute, alguns jornalistas são autorizados a filmar ou fotografar. Seria uma espécie de cobertura de guerra. Bom, é claro que não era uma guerra de verdade. E é claro que eu não sou fotógrafo jornalista, mas na época eu estava publicando uma coluna chamada 'Meus Poemas Favoritos' para um jornal e tive a sorte de tirar essa fotografia com a ajuda deles. A fotografia sempre foi meu hobby, desde jovem. E eu sempre pensei em publicar uma coletânea de poemas meus, com fotografias minhas."

"O que aconteceu com o motorista?"

"Ouvi dizer que ele já tinha morrido quando a ambulância chegou." O homem velho se pôs a tossir, sacudindo o corpo todo. "Me desculpe. A velhice acabou com minha garganta e toda vez que eu falo, acabo tossindo." O homem falou com cara de quem realmente sentia. "Mas felizmente, graças ao apoio da fundação com essa exposição de fotografias... resolvi me expor. Sem patrocínio, seria inimaginável para um poeta desconhecido, ainda por cima velho, fazer uma exposição. Ah, até ontem esse lugar era um teatro de áudio. Fazia parte da fundação. Mas o teatro fechou ontem e a partir de hoje a exposição..."

"Então é de verdade?", perguntou Ayami cortando o homem velho.

"Do que você está falando?"

"Da fundação. Então é de verdade?"

"Mas é claro. Acabei de dizer que, se não fosse por ela, não haveria como organizar essa exposição." O homem velho tirou um pequeno livro do bolso.

"Gostaria de dar a você meu livro de poemas como lembrança", disse o homem velho, um pouco acanhado.

"É um livro seu?"

"Sim."

Ayami leu o título do livro em voz baixa. *De onde viemos? O que somos? Para onde vamos?*

"Na verdade, o título da exposição também vem desse livro", disse o homem velho, mais acanhado ainda, porém determinado a dizer o que tinha a dizer.

Ayami levantou a cabeça e olhou para o homem velho. "Então é de verdade?"

"Do que você está falando?"

"Do poeta Kim Cheol-sseok. Ele existe de verdade?"

"Mas é claro. Porque sou eu. Essa pessoa que está sentada aqui, conversando com você", o homem velho murmurou imprecisamente com seus lábios enrugados. "Se leu o panfleto, deve saber que três fotografias são minhas. *Ônibus branco, Lua de mel I* e *Lua de mel II*. São todas fotos tiradas há vinte anos. Naquela época, nem imaginei que pudesse viver mais tempo que os sujeitos das minhas fotos." Depois de dizer isso, o velho poeta riu durante muito, mas muito tempo, soltando um méééé, igual a um bode.

***

Quando Volpi e Ayami saíram da exposição, a escuridão já tomava conta das ruas. No momento em que o semáforo do cruzamento abriu, uma multidão veio em linha reta na direção deles. Eles foram na direção contrária. "Soldados da sombra", disse Ayami sussurrando no ouvido de Volpi. "Segure meu braço. O nome não revelado desta cidade é 'Segredo'. É uma cidade onde as pessoas se perdem sem perceber. Tudo é construído com muita rapidez e tudo desaparece na mesma velocidade. É o que também acontece com a lembrança. Depois de dar dez passos para fora de casa, você olha para trás e pode não a encontrar mais ali. E também corre o risco de nunca mais se lembrar da sua casa. O mesmo acontece com as pessoas. O nome não revelado desta cidade é 'Segredo'. Então segure meu braço. Como você não tem celular, não temos como nos reencontrar."

"É mesmo?" Sem entender tudo o que Ayami dizia, Volpi, um pouco atônito, segurou de leve o braço morno, coberto de algodão de textura áspera. "É, você está certa. Todo mundo aqui tem a mesma cor de cabelo. Você também tem os cabelos pretos como todos os outros, e será quase impossível encontrá-la no meio da multidão." Quando eles abaixaram a cabeça, o calor do asfalto que se aquecera durante o dia inteiro jorrou verticalmente em direção ao rosto deles, como o magma de um vulcão. Eles atravessaram a rua pela faixa, esbarrando nos outros.

***

Sentados no banco disposto na base do pedestal da estátua na praça, eles tomaram coca-cola com gelo em copos descartáveis de papel, cuja cera derretida estava pegajosa. O gelo derreteu rapidamente e a coca foi se diluindo. Mesmo depois de o sol se pôr, eles permaneceram sentados ali por um bom tempo. É que Volpi tinha tirado o notebook da mochila e começado a escrever alguma coisa. No chão, em volta do banco, havia um saco vazio de hambúrguer e batata frita do Burger King, um edredom sujo, uma garrafa vazia de coca, bitucas de cigarro, ou seja, lixo espalhado. Alguém claramente dormira ali, tendo acabado sem casa por algum motivo desconhecido. Eles também tinham sacos de hambúrgueres e batatas fritas do Burger King nas mãos. A praça da estação estava cheia de gente esperando para embarcar, pessoas que tinham acabado de descer do trem e outras que se dirigiam à estação de metrô. Havia um piano de cauda no átrio ao lado da estação. Um homem de meia-idade vestido de farrapos sentou-se diante dele e começou a tocar. O movimento intenso do pianista atraiu o olhar das pessoas. As pessoas paravam para ouvir, desistiam e voltavam a apressar os passos depois de esbarrar com os pedestres, enquanto o lugar era ocupado por aqueles que haviam esbarrado, e assim por diante. Dentro da pasta aberta diante do piano, havia algumas moedas e notas deixadas pelos espectadores. Caíam grossas gotas de suor do queixo do pianista sobre as teclas. Um pássaro de bico curvado, dorso cinza e patas amarelas espalmadas pousou sobre a tampa do piano em formato de asa. E voltou a desaparecer, deixando suas fezes brancas ali.

Sentindo fome, Volpi mastigou o hambúrguer.

"Na minha terra natal, eu comia sushi embalado em marmitas de papel", disse Volpi, em tom de reclamação. "E aqui, Burger King. Mas de qualquer jeito é melhor que arroz quente."

Mesmo quando fala de coisas banais, a voz de Volpi soa descontente, pensou Ayami, levando uma batata frita à boca.

"É Schubert?", murmurou Volpi. "Não dá para ouvir bem porque estamos muito longe. O barulho dos carros está muito alto."

"Aquilo é jazz", respondeu Ayami. "É uma melodia familiar, mas não me lembro do título... Está muito barulhento, como você disse. O barulho dos carros é igual ao crepitar do fogo num campo de cevada", respondeu Ayami.

"O quê? Você disse barulho de campo de cevada pegando fogo? Nunca ouvi falar de algo assim. Não sei que tipo de barulho o campo de cevada faz quando queima. Você é do campo?"

"Acho que não. Não sei direito."

"Que tipo de resposta é essa?"

"Eu deixei minha terra natal quando era pequena, então não lembro."

"Você pode perguntar aos seus pais, não?"

"Eu cresci na casa de pais adotivos."

"Ah, entendo." Volpi se calou.

O telefone de Ayami tocou nesse momento. Ela o atendeu fechando o aparelho com a mão em formato de concha, por causa do barulho ao redor.

Ayami disse: "Claro que sim. E vou pedir a você que me ouça também. Foi para isso que você ligou, não é mesmo?". Depois de uma pausa, Ayami voltou a dizer: "Claro, nós vamos à procura de lugares desconhecidos... Como sempre. Mas não agora. Yeoni não está disponível no momento. Depois, quando Yeoni estiver de volta, ela será sua gruta. As três grutas concomitantes..."

"Você falou com Yeoni agora?", perguntou Volpi assim que Ayami desligou, como se estivesse esperando. "Não foi de propósito, mas acho que ouvi você dizer 'Yeoni'. Pode ser engano meu."

"É engano seu. 'Yeoni' é um fonema muito comum no coreano."

"Ah, entendo." Volpi acenou com a cabeça e eles continuaram mastigando os hambúrgueres e as batatas fritas. Pouco depois, o telefone de Ayami voltou a tocar. Atendendo-o, ela disse: "Claro que sim. E vou pedir a você que me ouça também. Foi para isso que você ligou, não é mesmo? Claro, nós vamos à procura de lugares desconhecidos... Como sempre. Mas não agora. Yeoni não está disponível no momento. Depois, quando Yeoni estiver de volta, ela será sua gruta. As três grutas concomitantes...".

"Sinto muito..." Assim que Ayami desligou o telefone, Volpi perguntou, como quem não se aguentava de curiosidade: "Se você não falou com Yeoni, ficaria muito agradecido se pudesse me dizer do que estava falando ao telefone. Porque... o idioma que você fala é desconhecido para mim, mas mesmo assim senti que as duas ligações eram muito parecidas. Além disso, seu tom de voz... digamos, senti algo especial nele. Uma voz especial que fala de um momento muito especial da vida. É isso. Fiquei muito curioso em saber o que foi dito nesse tom. Agora fiquei com uma curiosidade muito grande sobre a acústica da língua coreana. O zunido que vem das ruas é claramente diferente da linguagem dos ruídos de outras grandes cidades do mundo, e me soou bem secreto. Não sei se foi o efeito da sua voz ou se foi por se tratar de uma conversa íntima, e nem há como eu discernir essa diferença.

É claro que você não precisa responder se a conversa foi pessoal. Só estou perguntando por curiosidade no sentido fonético."

"Não era nada pessoal. Eu apenas gravei uma mensagem na secretária eletrônica. A primeira ligação foi para gravar, e na segunda eu voltei a gravar para não correr o risco de ter perdido a primeira gravação."

"Ah, entendi." Volpi acenou com a cabeça. "Estranhamente, ao ouvir sua mensagem, passou pela minha cabeça a ideia de que 'Yeoni' podia significar 'segredo' em coreano."

"Como eu já disse, é apenas um fonema. Não tem significado algum", respondeu Ayami, muito séria.

***

Volpi olhou para cima e mudou de assunto: "Quando você disse àquela hora, eu não tinha notado, mas você é atriz mesmo. Você está aparecendo naquele telão. Aquilo é um programa de televisão, não é? Também é parte daquele filme performático? Ou é algum seriado de fim de tarde do qual você participou?"

Como ele dissera, uma emissão televisiva estava aparecendo no telão da praça. O rosto de Ayami preenchia o enorme telão. A expressão facial de Ayami na tela parecia um pouco atônita e seus olhos pareciam lacrimejar.

Mas ela não estava chorando.

***

Um estúdio decorado como palco de peça teatral. O apresentador e Ayami estavam no centro. Do lado direito do estúdio havia uma porta e algumas pessoas sentadas em sofás por trás do lado esquerdo do apresentador e de Ayami. Alguns tinham uma xícara nas mãos e um deles estava fumando. Na parede do centro, havia uma tela pendurada.

Apresentador: Senhoras e senhores, estamos ao vivo com *Reencontro familiar*. No estúdio, essa semana, estamos recebendo uma mulher que perdeu a memória depois de ter se separado da sua família aos 5 anos. Teremos imagens emocionantes do seu reencontro com a mãe. Já temos os resultados dos testes genéticos, o que significa que ela encontrará certamente seus pais. Apesar de ainda não ter recuperado as lembranças sobre sua família, eles dizem que nunca se esqueceram dela. Senhoras e senhores, não percam esses momentos emocionantes. Continuem no nosso canal!

A porta do lado direito do estúdio se abriu e uma mulher de meia-idade, usando um chapéu com abas enormes sobre cabelos artificialmente tingidos de preto, apresentou-se diante das câmeras. As pernas finas da mulher de estatura baixa — que deixavam à mostra um par de panturrilhas magras com tendões salientes, pés pateticamente pequenos e sapatos que brilhavam como novos, mas pareciam usados — foram expostas descaradamente diante das câmeras. Havia algo em seu traje que lembrava um figurino de teatro. A câmera aumentou o zoom no rosto que aparecia sob o chapéu. Por entre os longos cabelos pretos, via-se nítidas marcas de varíola sobre a pele escura. A mulher explodiu em lágrimas, fazendo um bico com os lábios.

***

Mulher de chapéu: (*Segurando o braço de Ayami*) Filha! Yeoni!

Ayami: (*Petrificada, calada, continua em pé, numa posição e atitude de quem não sabe o que fazer e como agir*)

Mulher de chapéu: (*Chorando em voz alta*) Yeoni! Perdoe sua mãe!

Ayami: (*Afastando o braço disfarçadamente*) Eu não sou Yeoni.

Mulher de chapéu: Eu sei, eu sei... O pessoal da emissora me explicou tudo. Que seus pais adotivos lhe deram o nome de Ayami... Mas seu nome verdadeiro é Yeoni.

Ayami: (*Contra a vontade*) Sim, me disseram...

Apresentador: Não deve ser fácil no começo. Mas a emoção deste dia será inesquecível. Ayami ou Yeoni, sente-se aqui para conversarmos com calma.

(*Ayami e mulher de chapéu seguem o apresentador e se sentam no sofá. Ali, os debatedores já estão sentados, preparando-se para fazer perguntas enquanto tomam chá.*)

Debatedor 1: Meus sinceros parabéns. Faz exatamente quantos anos que vocês não se veem?

Apresentador: Vejamos... Deve ser vinte e quatro anos.

Debatedor 1: Ouvi dizer que a mãe fez de tudo para encontrar a filha...

Mulher de chapéu: Sim, foi isso mesmo. Nos primeiros anos depois que a perdemos, não conseguíamos nem comer direito... Só de pensar nisso eu fico... (*Choraminga*)

Debatedor 2: Deve ter sido um susto muito grande, porque a criança desapareceu um pouco depois de ter sido confiada a um parente, por causa de dificuldades financeiras.

Mulher de chapéu: Sim, nós éramos muito pobres. Tínhamos muitos filhos...

Debatedor 2: Era uma época em que todos eram mais pobres que agora. Provavelmente havia muito mais famílias pobres.

Debatedor 1: (*Acenando com a cabeça*) É verdade, havia muito mais gente pobre do que agora... E mais crianças também...

Mulher de chapéu: Além disso, o pai dela tinha se machucado e estava de cama. E o parente era um funcionário público de alto nível... Então, quando aquela família disse que queria levar a criança, achamos que seria melhor para ela. Era o mais sensato a se fazer. Como não eram desconhecidos, a gente podia falar com ela com frequência depois que ela crescesse. Achamos que não haveria problema nenhum. Mas, pelos céus, disseram que a menina tinha sumido. Que ela tinha saído de casa sem dizer nada a ninguém! Uma criança de cinco anos! Ficamos sabendo daquilo alguns meses depois. Chorei tanto. Mas Yeoni, como você é alta. Seus pais adotivos a criaram bem. Nossa família inteira e seus irmãos são todos baixos. Você também era pequenina quando criança.

Debatedor 2: Parente em alto cargo público?...

Mulher de chapéu: Sim. Na verdade, ele era prefeito de Seul. Era um parente distante. Primo de oitavo grau ou mais. Mas parente é parente. A gente esperava que seria melhor que desconhecidos.

Apresentador: Ouvi dizer que toda a família e os irmãos estão aqui?...

Mulher de chapéu: Claro. O pai de Yeoni faleceu faz tempo, mas ela tem seis irmãs e um irmão, todos mais velhos que ela.

Debatedor 3: Disseram que vocês procuraram em todos os orfanatos do país.

Mulher de chapéu: Nem me fale. É por causa dela, de Yeoni, que decidimos ser vendedores ambulante de frutas. Sempre que a gente chegava a um novo local e encontrava crianças, olhávamos com cuidado o rosto de cada uma delas. Uma vez, até houve rumores de que o farmacêutico que desapareceu do vilarejo teria levado a menina... No final, como a gente não encontrou nenhum sinal dela nem na polícia, achamos que tinha sido enviada para ser adotada no exterior depois de ter sido acolhida em algum orfanato.

Debatedor 3: Mas não a encontraram porque ela mudou o nome.

Mulher de chapéu: É isso mesmo. Como a gente podia ter imaginado que ela teria perdido toda a memória? Tinha esquecido até o nome. Filha, Yeoni, saiba que sua mãe viveu o resto da vida se arrependendo de ter te mandado...

Ayami: (*Ainda numa posição e atitude de quem não sabe o que fazer e como agir*) Eu não sou Yeoni.

Apresentador: Sim, Ayami. Mas já que seu nome quando criança era Yeoni, agora você tem dois nomes. Vamos ouvir um pouco a história de Ayami. Me disseram que você era atriz?

Ayami: Sim, atriz de palco.

Apresentador: Nós conseguimos o único filme em que você trabalhou. É um filme performático, apresentado num festival de curta-metragem. Vejamos.

A cena do Burger King no telão ao fundo do estúdio. Ayami tinha os cabelos, volumosos e negros, presos num rabo de cavalo nas costas e os pés, que apareciam sob a saia, calçavam sandálias feitas com tecido de cânhamo trançado de modo grosseiro. Com os olhos fixos na câmera, sem mover as pupilas, Ayami diz sua fala cortando todas as sílabas.

"Você. Me. Daria. Uma. Moeda. Se. Eu. Recitasse. Um. Poema".

O ator aparece de repente por trás de Ayami com um telefone na mão e diz sua fala rapidamente. "Espere um pouco que chegou uma ligação da Grécia. Não bisbilhotem porque é segredo. Mas o que é aquilo no chão? Ah, é uma fralda".

O telão se apaga.

Apresentador: Você já tentou procurar seus pais de verdade?

Ayami: Não, na verdade... Cresci ouvindo dos meus pais adotivos que meus pais biológicos haviam falecido e eu não tinha parentes próximos, então não cheguei a procurar por eles.

Debatedor 1: E de onde seus pais adotivos ouviram isso?

Ayami: Ouvi que tinha sido do orfanato.

Debatedor 2: Então seus pais adotivos devem ter ficado muito felizes com essa notícia.

Ayami: Não, eles não estão mais vivos. Faleceram no ano em que eu entrei na faculdade.

Debatedor 3: Tão cedo assim?

Ayami: Na verdade, meus pais adotivos eram idosos. Eles já tinham mais de sessenta anos quando me adotaram.

Debatedor 1: Como eram seus pais adotivos?

Ayami: Eles eram muito gentis e carinhosos. Sempre foram muito ternos comigo enquanto viveram. Por isso, foi muito difícil aceitar a morte súbita deles.

Debatedor 2: Parece que você teve uma infância feliz. Sua família deve estar menos preocupada agora. Que bom. Mas qual era a profissão dos seus pais adotivos?

Ayami: Eles... trabalhavam com criação de cachorros. Ficava no subúrbio de Seul. O local está fechado agora, mas de vez em quando eu passo por lá, quando me lembro deles.

Debatedor 3: E sua família atual... quem são?

Apresentador: Por acaso você é casada?

Ayami: Sim, depois que meus pais adotivos faleceram, eu larguei a faculdade e me casei. Meu marido trabalhava no departamento de vendas de uma empresa farmacêutica. Mas infelizmente sofreu um acidente de ônibus...

Apresentador: Quer dizer que ele faleceu?

Ayami: (*Calma*) Sim.

As pessoas invisíveis, sentadas na plateia, suspiram com pena e compaixão.

Apresentador: Então, Ayami, sua alegria em reencontrar sua mãe deve ser ainda maior. Na ausência dos pais adotivos e do marido... Você deve ter se sentido realmente sozinha, já que não havia ninguém que pudesse chamar de família neste mundo.

Mulher de chapéu: Yeoni, não há mais motivos para você se preocupar. Eu estou aqui, suas irmãs e seu irmão estão aqui. E seus sobrinhos! O mais velho até já se casou.

Apresentador: Ayami, você deve ter muita coisa para dizer à sua mãe. Ou perguntas a fazer. Aproveite o momento e diga tudo.

Ayami: (*Voltando-se para a mulher de chapéu, hesitando*) Mas... quem me deu o nome de Yeoni?

Mulher de chapéu: (*Aparentemente surpresa com a pergunta inesperada*) O nome? Ah, isso... na verdade, nós demos o nome a todos os seus irmãos, mas o seu, por acaso, foi o farmacêutico do vilarejo quem deu. Aquele que desapareceu. Foi por isso que as más línguas inventaram aquele rumor de que ele teria levado você.

Ayami: O farmacêutico que morreu com um prego no alto da cabeça?

Mulher de chapéu: Eu... é... Sim, uma coisa horrível. Mas isso também era só falatório, você era pequena demais para saber. (*Estremecendo*) Credo, isso me dá arrepios. Mas que incrível. Aparentemente disso você não se esqueceu.

Ayami: (*Com a voz excepcionalmente clara*) Não, não me esqueci.

Apresentador: (*Tentando amenizar o clima estranho*) Ayami deve estar perplexa. Isso ocorre quando passamos por esse tipo de coisa. O normal seria sentirmos uma tremenda alegria, mas essa emoção em si é tão estranha. É a primeira vez na vida, não? E então, eu sei que não é fácil, mas como se sente nesse momento?

Ayami: Eu ainda não sei, me sinto atônita.

Debatedor 3: Alguma vez você procurou saber sobre seus verdadeiros pais?

Ayami: Que eles eram pobres... foi o que eu ouvi.

Apresentador: Era uma época em que todos eram mais pobres que agora. Provavelmente havia muito mais famílias pobres.

Ayami: Ouvi mais tarde também que um parente distante tinha sido prefeito de Seul.

Debatedor 1: Você sabia disso também? Que estranho. Como será que seus pais adotivos souberam disso?... Nesse caso, não deve ter sido difícil encontrar seus pais verdadeiros.

Ayami: Mesmo assim, não dava para saber qual prefeito era, além de ser um parente bem distante. Como tinham me dito que meus pais já haviam falecido, não achei que fizesse muito sentido.

Apresentador: Agora é a vez de conhecer os irmãos de Ayami, que já estão aqui no estúdio. Ayami, você deve ter se acostumado a pensar que era sozinha no mundo, mas agora você tem seis irmãs e um irmão, não é comovente?

Ayami: (*Ainda numa posição e atitude de quem não sabe o que fazer e como agir*) Eu ainda não sei, me sinto atônita.

Apresentador: (*Olhando para a câmera*) Caros espectadores, a onda de emoção continua logo em seguida. Teremos, finalmente, os oito irmãos reunidos. E também seus filhos. É realmente uma grande família. Não mude de canal.

Volpi digitava frases que vinham à cabeça sem nexo usando os dois indicadores:

...W acordou com uma sensação de solidão que sufocava sua garganta como fumaça.

Era um quarto pequeno, extremamente quente.

Uma jovem mulher, sentada à beira da cama, olhava para ele. Ela tinha o rosto redondo e liso como a lua, e sua testa úmida de suor estava coberta com fios de cabelo preto.

"Onde estou?", perguntou W.

"Em Seul", respondeu a mulher - lua de testa úmida.

"Por que você me acordou?" Quando ele perguntou isso, ela disse, estendendo a mão e passando o telefone para ele:

"É que sua esposa ligou."

Ele pegou o telefone e disse: "Estou em Seul, mas acho que fui sequestrado por uma mulher. Mas você sabe em que país fica Seul?".

"Não precisa inventar muito para provar que você é o maior cachorro do mundo. Eu já estou sabendo de tudo. Só liguei para dizer isso."

A esposa bateu o telefone com força. A curta chamada terminou assim.

"Esse calor é de enlouquecer. Acho que vou me sufocar se não tomar um banho agora mesmo. Preciso urinar também, minha bexiga está estourando. Onde é o banheiro?", perguntou W devolvendo o telefone para a mulher.

"Não tem chuveiro. Você pode se lavar na torneira da cozinha."

"O quê?"

"E o banheiro fica do lado de fora, ao lado do portão, saindo daqui."

"O quê?"

"Não há motivo para ficar surpreso. É só pensar que está acampando. Eu preciso sair porque tenho uma gravação na emissora."

"Que gravação?"

"Estou participando de uma novela. Sou uma mera figurante, mas é bom. Hoje é o dia de gravar a cena em que a família quer me forçar a casar com um homem velho que não amo."

"Mas...", W disse hesitando um pouco. "Não é nada assim muito importante, mas meu editor disse que você tinha 49 anos e que era professora de alemão."

"Sim, é isso mesmo. Eu tenho 49 anos. Mas sou atriz, e não professora de alemão."

"Você não tem cara de quarenta e nove anos. É claro que eu nunca consegui acertar a idade das mulheres na minha vida."

"É que eu sempre usei um cosmético caro, mesmo quando não podia pagar por ele. Com ele, até mesmo sua mãe teria minha cara."

"Duvido."

"Esse produto não só me faz parecer mais jovem, mas esconde todas as marcas e feridas da pele. Na verdade, eu tenho o rosto todo bexiguento porque tive varíola."

"O quê?"

"Além disso, meu ex-marido, muito ciumento, apareceu no meu trabalho com uma faca na mão e eu acabei levando vinte pontos."

"O quê?"

"Mas não precisa ficar com medo. Esse ex-marido morreu ontem à noite, atropelado por um ônibus."

"O quê? Quem é você, afinal?"

"Eu sou Yeoni, vinda do deserto do Norte."

***

Ayami tirou a coletânea de poemas que tinha recebido no local da exposição, folheou vagamente algumas páginas e perguntou a Volpi: "Você não quer ir a algum lugar mais fresco? Deve ser melhor escrever num espaço assim, não? Além disso, aqui é pouco iluminado, escuro. Eu li que os escritores muitas vezes trabalham em cafés ou bibliotecas."

"Mas eu tenho que anotar imediatamente o que me vem à cabeça. Porque as coisas vêm como filmes ou imagens, e não organizadas em orações. Se não for no momento exato, elas simplesmente evaporam. E quando isso acontece, não consigo enquadrá-las na linguagem. Tudo o que eu escrevo não passa de esboço, não é a pintura final. Não me importo com o lugar. Esqueça bibliotecas ou cafés. Detesto bibliotecas ou cafés, até quando não estou escrevendo."

"Seus cabelos estão molhados de suor."

"Os seus também devem estar. Quero dizer, o cabelo de todo mundo que está aqui."

"O que pretende fazer, então?"

"Acabei de pensar que podíamos pegar um trem. Já que estamos na praça da estação, por coincidência."

"Para onde vamos?"

"Não sei... Nunca vim para o extremo oriente, mas sempre quis ir até o rio Yalu."

"Você sabe onde fica o rio Yalu?"

"Não exatamente. Só sei que é na fronteira da Coreia com a China."

"É impossível."

"O quê?"

"Não podemos ir até lá de trem."

"Por quê?"

"Porque esse país é igual a uma ilha. Tem os três lados cercados pelo mar e uma fronteira ao Norte, a qual, diferentemente da União Europeia, não podemos cruzar livremente."

"Ah, entendi. Está dizendo que é igual ao Japão, então."

"Além disso, o país ao Norte é a Coreia do Norte."

"Ah, é mesmo. Tinha me esquecido. Tenho que desistir de Yalu, então."

"O que pretende fazer, então?"

"Já que fiquei com vontade de pegar um trem, vamos fazer isso. Não precisa ser necessariamente para a fronteira."

"Para onde vamos?"

"Vamos para onde for o trem com a partida mais próxima."

"E o que vai fazer quando chegar lá?"

"Isso não importa. Vamos pegar o trem com a viagem mais longa, para viajar a noite inteira."

"É possível atravessar o país inteiro em apenas duas horas num trem de alta velocidade. E depois é o mar. Não tem como continuar viajando. Eu disse que era igual a uma ilha."

"Mas deve haver algum trem que não seja de alta velocidade. Devem existir trens mais lentos. Daqueles noturnos que seguem bem devagar, de propósito, para chegar ao destino depois de passar a noite percorrendo os trilhos."

"Vou verificar o horário, então."

Ayami foi para a estação, deixando Volpi sozinho. Voltou pouco depois.

"Há um trem que parte às dez e trinta para chegar a Busan na madrugada. É Mugunghwa. Então comprei para esse trem."

"O que é Mugunghwa?"

"É o trem mais lento."

"Ah, entendi."

"É um trem noturno, mas não tem leito. Mugunghwa é o mais barato."

"Não importa. Não vou dormir mesmo."

"Então vamos embarcar."

"Mas e aquele filme, acabou? O filme performático em que você aparece."

"Deve continuar depois dos comerciais, mas eu não estou com vontade de continuar assistindo."

"Seria tão bom se fosse legendado em inglês", disse Volpi com a voz ressentida. "O filme parece uma cena de teatro. Eu vi a parte do Burger King da qual você falou. Foi mais curto do que eu esperava. Você pode me explicar exatamente o que acontece ali?"

"É uma história cotidiana, coisas que acontecem em qualquer família grande."

"Do tipo, como um casamento de uma filha que se aproxima da idade para isso?"

"Isso."

"Ah, entendi." Volpi acenou com a cabeça. "Eu me lembro de uma história dessas num filme chinês ao qual assisti no passado."

Eles seguiram para a estação, um ao lado do outro. A televisão dentro da estação também mostrava o rosto de Ayami. Era o início da segunda parte do programa *Reencontro familiar*. Mas Ayami puxou e apressou Volpi, dizendo que precisava passar na padaria para comprar café e água na loja de conveniência.

"Plataforma 2", disse Ayami. "Além de tudo, se eu não tomar um café agora, posso desmaiar de sono aqui mesmo. Não vejo nada, porque nem consigo abrir os olhos direito."

"Você não disse que o trem partia às dez e meia? Para que a pressa? Ainda são dez horas." Volpi reclamou resmungando.

"Aqui o trem nem sempre parte no horário. Ele pode partir bem antes do horário marcado. É melhor chegar antes e esperar lá."

"O quê? É difícil de acreditar."

Quando chegaram, ao contrário do que havia dito Ayami, a plataforma ainda estava vazia. Ela tomou a água, que já estava morna, sentada num banco. E os dois tomaram café, sentados um ao lado do outro. Um bicho voava pelo ar pegajoso e esbranquiçado pela iluminação.

"Sua protagonista, ela acaba morrendo?", perguntou Ayami, de repente, olhando para a frente.

"É provável que sim", respondeu Volpi. "Mas você não disse que era difícil entender o que eu dizia? Que era rápido demais?"

"Entendi algumas palavras. E como você escreve romances policiais, imaginei que teria um caso de homicídio."

"É verdade."

"Quem é o assassino?"

"No início, desconfiam do ex-marido ciumento. É que a mulher ganhava dinheiro trabalhando como parceira de sexo por telefone."

"Então quer dizer que o ex-marido não é o assassino?"

"Não, o verdadeiro assassino... O caso está, de fato, estreitamente ligado a um caso não resolvido de vinte anos atrás. Digamos que seja uma espécie de reflexo do primeiro. Os leitores descobrem mais tarde que a protagonista é, na verdade, o fantasma da vítima do primeiro caso."

"Então quer dizer que o assassino é o mesmo do caso de vinte anos atrás?"

"Sim. O assassino também já não é um homem que vive. Para falar a verdade, essa estrutura me veio à cabeça enquanto olhava para a fotografia *Lua de mel* na exposição. Por isso não tenho ainda uma história concreta. Sempre que escrevo, crio vários roteiros ao mesmo tempo, e tento expressá-los em palavras. Assim, acabo criando várias versões de uma história só. Depois leio todas as versões e opto por uma delas. Ou seja, essa versão que estou contando agora é a mais recente, criada depois que cheguei a Seul."

"Ah, entendi." Ayami permaneceu um tempo pensativa e voltou a perguntar: "E o que acontece com as versões não escolhidas?".

"Não sei." Volpi deu de ombros com expressão de incerteza. "Vão permanecer incógnitas para sempre, acho."

"Sua protagonista... ela morre em que situação?"

"Ela desaparece de um dia para o outro. Como ela não tem família, ninguém sabe desse desaparecimento por um bom tempo. Até que encontram seu corpo por acaso."

"Onde?"

"No teto da casa dela."

"Ela foi assassinada?"

"Essa é uma possibilidade. Mas nada é certo. Como encontraram o corpo muito tempo depois, havia muita coisa que não se podia revelar através da autópsia. E vinte anos mais tarde, aparece 'a número 2', que é o alter ego da protagonista. Um dia, 'a número 2' deixa Seul, partindo numa viagem inesperada com um homem que mal conhece. O trem noturno, que os leva para o estrangeiro, passa por um apagão inesperado, durante o qual ela é esfaqueada por alguém. Isso acontece quando o trem está atravessando o rio Yalu pela ponte na fronteira com a China, o que acha?"

"Há um problema muito sério de verossimilhança. Eu já disse que, de trem, não é possível chegar à fronteira..."

"Ah, é verdade." Volpi balançou a cabeça. "Esqueci."

***

Enquanto eles se concentravam na conversa, a plataforma foi se enchendo de gente à espera do trem. Uma multidão preencheu, apertando-se, a plataforma num átimo de tempo. Apertados como sardinhas enlatadas, pensou Volpi. E todos eles traziam enormes bagagens, como se estivessem preparados para uma longa viagem. Todos calados. Até mesmo as crianças estavam em silêncio. Sob a estranha iluminação, o rosto deles tinha um tom cinza esverdeado. Imóveis como velas de diferentes tamanhos à espera do trem chegar, essas pessoas olhavam para Ayami com seu vestido de algodão de textura visivelmente áspera.

Um homem velho com um enorme casaco e uma bengala na mão apareceu entre a multidão e passou na frente deles. Ele era o mais velho e feioso da plataforma, mas era a única forma que se mexia. Seus cabelos fétidos e molhados de suor estavam grudados na testa. De pupilas cansadas por trás das lentes reluzentes de óculos para miopia, o homem parecia um bode velho com os olhos lacrimejando diante do machado de abate. As pupilas, opacas e esbranquiçadas, eram a parte mais desgastada dentre todos os elementos que compunham o físico dele. Esses olhos piscavam hesitantes, sem parar e irregularmente, como se não acreditassem no fato de ainda verem o mundo. Sempre que as pálpebras piscavam, as pupilas envelheciam numa velocidade cada vez maior.

Ao passar diante de Ayami, o homem velho mexeu os lábios e suas pálpebras tremeram, derretidas como queijo estragado. Era como se estivesse se despedindo dela. E como se dissesse assim: Sou apenas um poeta anônimo. Nunca imaginei que pudesse viver mais tempo que vocês.

"Nunca imaginei que houvesse tanta gente num trem noturno", disse Volpi, surpreso. "Parece até que estourou uma guerra sem que saibamos e todos saíram às pressas para se refugiar."

"Me leve para um outro mundo", disse Ayami, com os olhos fixos no velho poeta que desaparecia titubeando por entre a multidão, como se estivesse murmurando, ou melhor, suplicando. "Me leve para esse mundo aonde você está indo."

Os olhos de Ayami pareciam lacrimejar.

Mas não estava chorando.

"O quê?", Volpi perguntou, sem entender. "O que você disse?"

"Me leve para um outro mundo."

"Foi você quem disse que não podemos ir ao rio Yalu."

Ayami não respondeu. Ao invés disso, passou de leve os dedos sobre o dorso da mão dele e, com o dedo médio, permaneceu um tempo pressionando suavemente um ponto, como se tomasse seu pulso. Por um momento, Volpi sentiu como se esse movimento fosse uma forma inusitada de convite.

4

Sentados no banco disposto na base do pedestal da estátua na praça, eles tomavam vinho em copos descartáveis de papel, cuja cera derretida estava pegajosa. O vinho era ao mesmo tempo acre e amargo. No chão, em volta do banco, um saco vazio de hambúrguer e batata frita do Burger King, um edredom sujo, uma garrafa vazia de coca, bitucas de cigarro, ou seja, lixo espalhado. Alguém claramente dormira ali, tendo acabado sem casa por algum motivo desconhecido. Eles não tinham muito tempo porque Ayami tinha de partir para o aeroporto. Permaneceram em silêncio por um tempo.

"Sabe, há pouco...", Ayami começou a falar devagar. "Fiquei assustada porque o mundo simplesmente desapareceu diante dos meus olhos enquanto eu estava no meio da praça. A loja da galeria na praça da estação central com as luzes atipicamente acesas, você escolhendo o vinho ali dentro, era como se tudo se apagasse sem fazer o mínimo barulho. Instintivamente, levantei as mãos para tatear o vazio da escuridão. Mas quando piscava os olhos, via formas na escuridão. Não a forma real, mas formas abstratas... Formas criadas pela praça, a galeria, as ruas, a estátua. Elas pareciam fantasmas numa fuga tardia. Eram almas remanescentes depois da morte dos objetos."

"Um apagão pode ser sinal de envelhecimento, igual à perda, ao enfraquecimento da memória. Não, para ser mais exato, deve ser sinal de desintegração", disse o diretor, pensativo.

"Desintegração do quê?"

"Não sei, como poderia dizer... O sono da pessoa que está sonhando conosco?"

"No momento em que as luzes da loja da galeria se apagaram, passou pela minha cabeça a ideia de que eu era apenas uma mulher que aparecera no seu sonho."

"Então é só eu não acordar desse sonho."

"E se a pessoa que sonha comigo for você, e não um deus completamente desconhecido para mim, e se eu for fruto da sua imaginação?"

"Um brinde ao fato de sermos frutos da imaginação de cada um de nós."

Eles tomaram o vinho calados. O diretor abriu a boca.

"Quando entrei na loja, encontrei um vendedor jovem e um mais velho, sentados no caixa. Chegando perto deles, percebi que estavam adormecidos, com os olhos meio fechados. Sob a sinistra iluminação do local, extremamente reluzente e clara, o rosto deles tinha uma cor verde acinzentada, como a de policiais mortos. Eles não acordaram até eu voltar ao caixa depois de ter escolhido o vinho. Tive que bater no balcão com o dedo. Então o vendedor jovem, movendo lentamente as pálpebras, disse, como se ainda estivesse dormindo: 'Será que as pessoas velhas demais para estarem neste mundo vão realmente para a Tailândia?'."

Em silêncio, os dois sorriram, olhando um para o outro.

O ônibus branco voltou a aparecer sobre o elevado, percorrendo-o numa velocidade frenética, bem maior do que há pouco.

Será que esse ônibus já foi ao hospital?, pensou Ayami. A luz dentro do ônibus estava acesa e havia várias mulheres sentadas em postura ereta ao redor de uma grande mesa, lendo um livro, enquanto um monge budista, vestido com seu manto, estava sentado de olhos fechados no canto mais escuro dos fundos.

Do outro lado do banco onde eles estavam sentados, havia um telão sobre o muro da estação. Como era de noite e a cidade passava por um efêmero apagão, o telão desligado apenas brilhava, sem conteúdo nenhum, como a superfície de uma enorme bandeja de resina sintética. Mas, num certo momento, começou a estremecer como um cadáver numa terapia de choque. Uma imagem começou a aparecer no telão. Mas, antes disso, o ruído de um rádio se fez ouvir.

Temperatura. Máxima. Trinta. E. Nove. Graus. Celsius. Sem. Previsão. De. Vento. Sem. Sombra. Por. Favor. Ligue. Para. Yeoni. Trinta. E. Nove. Graus. Sem. Previsão. De. Vento. Sem. Sombra. Cidade. Em. Pleno. Dia. Previsão. De. Miragem. Sem. Vento. Sem. Nuvens. Céu. Sem. Cores. Sem. Para Yeoni... Para Yeoni...

"Devem ser notícias", murmurou o diretor. "A previsão do tempo da noite. A previsão de tempo marítima, para os pescadores."

"A previsão do tempo vem antes das notícias, ou depois?", perguntou Ayami.

Eles observaram imóveis o telão. Junto com um ruído de faísca, a tela finalmente começou a mostrar imagens de um programa de debate literário transmitido tarde da noite, em vez de notícias. Dessa vez não havia som. Por isso não era possível saber do que os participantes falavam. Contudo, no momento em que um rosto preencheu toda a tela, o diretor disse, surpreso:

"É ele o poeta que eu encontrei hoje à tarde." Ele apontou para o rosto com a mão que não estava segurando o copo de vinho. "Mas não me lembro do nome dele. Era Kim alguma coisa."
"Está falando do poeta Kim Cheol-sseok?"
"Isso, isso mesmo. Kim Cheol-sseok."
O poeta parecia idoso. Seus cabelos acinzentados de cor desbotada, as costas recurvadas como a de um corcunda, a nuca sem vigor e suas pupilas cansadas, por trás das lentes reluzentes de óculos para miopia, preencheram a tela toda. As pupilas, opacas e esbranquiçadas, eram a parte mais desgastada dentre todos os elementos que compunham o físico dele. Esses olhos piscavam hesitantes, sem parar e irregularmente, como se não acreditassem no fato de ainda estar vendo o mundo. Sempre que as pálpebras piscavam, as pupilas envelheciam numa velocidade cada vez maior. O poeta tinha os ombros encolhidos e caídos, e uma gota de saliva pendia do canto de sua boca. Pelos movimentos dos lábios, ele parecia recitar um poema de sua autoria, ou citando o dos outros.

Não esteja longe de mim um só dia, porque
porque... o dia é longo
e eu estarei te esperando.

Ayami leu em voz alta os lábios que citavam os versos. A voz dela se fez ouvir através da boca do poeta.
Sou apenas um poeta anônimo. Nunca imaginei que pudesse viver mais tempo que vocês.

***

"Quando eu era estudante, fui obrigado a ter inúmeras profissões, porque eu era de família pobre. Naquela época de juventude, eu achava que era natural levar uma vida dura. Por isso nunca achei essa vida dura tão difícil assim. Considerava que eram oportunidades para eu aprender os diversos aspectos da vida. Mas a época em que eu vivia fazendo bicos, mesmo depois de ter voltado dos estudos no exterior, foi sofrida", disse o diretor em tom sereno, com o rosto voltado para Ayami.

"Posso dizer que aquela foi a época mais difícil da minha vida. Acho que foi naquele tempo que fui me afastando da minha mulher também. Eu estava sozinho, dia e noite. Sentia a solidão impregnada na minha pele, em cada uma das células... Fiz de tudo para encontrar um lugar para o meu ser neste mundo que parecia me renegar. Trabalhei noite e dia. Durante o dia, eu dava aulas e procurava trabalho, e à noite fazia de tudo que desse dinheiro. Um desses bicos que mais me marcou foi dirigir um ônibus à noite. Não era um ônibus público, mas um daqueles fretados para algum evento ou por outros motivos.

"Um dia, um homem jovem fretou o ônibus. E eu dirigi a noite inteira a seu pedido. Ele trouxe seis irmãs. Elas eram todas muito mais velhas que ele, então, mais do que irmãs, pareciam mães ou avós dele. Eu perguntei: 'Para onde vamos?'. Ele respondeu que era só rodar a noite inteira, percorrendo um certo trecho tendo a estação central como referência. E isso em velocidade atípica, em altíssima velocidade. Explicou que era uma tradição funerária antiga da família dele. Ele estava vestido de monge budista. Eu usava um uniforme e chapéu de motorista. Era obrigatório. Mas o chapéu era grande demais.

Eu tinha que dirigir tomando cuidado para que o chapéu não cobrisse minha vista.

"Dirigi a noite inteira. Como eu estava vivendo uma época de noites seguidas de insônia, estava até agradecido por ter esse tipo de trabalho noturno. Você precisa correr o mais rápido possível, pediu o jovem monge. Era um horário com poucos carros na rua porque estávamos no meio da noite, mas, curiosamente, lembro-me de não ter encontrado um só carro na rua naquela noite. É uma coisa que não consigo entender até hoje. Afinal, Seul tem um trânsito infernal, não? Além disso, tudo estava escuro, sem uma luz nas ruas ou nos prédios. Como se fosse o interior de um espelho cego... dentro de um sonho cego...

"Cheguei a pensar que tinha visto um tanque camuflado de preto, mas acho que foi ilusão minha. É que eu estava extremamente cansado pela falta de sono. Soltaram foguetes sinalizadores da cor de sangue. O motivo, não sei. A cada foguete desses, choviam aves mortas. Uma tensão aguda inidentificável tomava conta da noite vazia.

"Dirigi a noite inteira, rodando com o ônibus ao redor da estação central. Com a chegada da madrugada, apareceu à minha frente uma paisagem em que uma afiada luz violeta assassinava seu velho ancestral, o negrume cinza opaco, bem diante dos meus olhos. A vermelhidão do sangue começou a se acumular em poças em cima do telhado de todos os prédios. O contorno dos telhados começou a se tornar mais nítido sobre a tela que era o céu da cor de sangue, como um pressentimento de paz ameaçadora. Foi nesse momento que o jovem monge, até então sentado sem dizer uma palavra, gritou: 'Chega!'. Suas irmãs, que liam em postura impecável, levantaram a cabeça feito galinhas bem treinadas, e o galo branco sem cabeça no teto do ônibus também soltou um canto. Não me pergunte como um galo sem cabeça pôde cantar. Parei o ônibus na praça da estação. Não havia ninguém ali porque era muito cedo. Aliás, a cidade inteira estava vazia desde a noite anterior. O jovem monge desceu do ônibus levando suas seis irmãs. Eles andaram rumo a uma direção desconhecida, enfileirados como peregrinos. O monge liderava a fila e a irmã mais nova — que mesmo assim parecia ser sua mãe — seguia logo atrás dele, e as outras na ordem de idade; assim, a mais velha andou, devagar e com o corpo recurvado, no fim da fila.

"Fiquei olhando para eles meio abobalhado por causa do cansaço. Sim, fiquei um bom tempo sem poder desviar o olhar daquelas mulheres. Mesmo depois de elas terem desaparecido da minha vista, eu não ousava tirar os olhos daquela direção. Talvez estivesse cansado demais para poder virar meu rosto. Estava ali, sentado, meio inconsciente e imóvel. Estava completamente esgotado, de tal maneira que não havia como explicar aquilo. A tontura e a enxaqueca tomaram conta de mim e me despedaçaram por inteiro. A dor era tão extrema que parecia que todas as células do meu corpo estavam perdendo a consciência.

"Nesse momento, um homem apareceu naquela praça vazia de madrugada e foi andando. Vestindo roupas leves, o homem mantinha os braços afastados do tronco, sacolejando as mãos livres em passos vigorosos.

"O homem andou daquele jeito até a sombra da estátua no centro da praça, onde começou a torcer os braços e as pernas lentamente, em movimentos teatrais. No começo, achei que ele estava me cumprimentando, mas na verdade ele sofria de epilepsia e tinha tido uma crise epiléptica enquanto ia para a estação pegar o primeiro trem do dia. Eu, sentado abobalhado no banco de motorista do ônibus, fui o único a testemunhar como o gemido distorcido e baixo daquele homem foi enchendo aos poucos a praça naquela madrugada."

"Ele morreu?", perguntou Ayami.

"Quem?"

"O epiléptico que teve a crise na praça."

"Bem, ouvi mais tarde da polícia que ele tinha tido uma crise naquele dia, mas morreu afogado no rio alguns dias depois."

Eles permaneceram um tempo em silêncio. O diretor tomou todo o vinho do copo e começou a assobiar baixo para a noite. A música, cuja melodia era familiar para Ayami, era um jazz chamado *"Someone has thrown away the piano on the beach"*.[3]

***

O telão sem som desligou subitamente. A imagem do poeta bode desapareceu diante deles. Agora, na praça, só restava a estátua do general com o braço meio levantado, indicando uma direção desconhecida.

"Eu preciso ir agora."

Ayami tentou se levantar depois de ter amassado e jogado o copo descartável de papel ao lado do banco.

"Mesmo de táxi, levará pelo menos uma hora até o aeroporto."

---

[3] Do inglês: Alguém jogou um piano na praia. (N. T.)

"A essa hora, quarenta minutos serão suficientes. Mas você realmente tem que ir ao aeroporto, mesmo não tendo tido notícias de Yeoni?", o diretor perguntou, segurando o braço de Ayami.

"A professora só não pôde falar comigo porque está no hospital agora. Mas a chegada do poeta está confirmada, e ele pode se sentir perdido se não houver ninguém para buscá-lo no aeroporto. Promessa é promessa."

"Então fique só mais trinta minutos."

"Mas já está em cima da hora. E nem sei se vou conseguir pegar um táxi logo." Ayami ergueu a cabeça e olhou para as ruas desertas ao redor da praça. "Aliás, é uma noite estranha demais, porque não vejo nenhum outro carro além daquele ônibus branco."

"Quinze minutos, não, fique mais dez minutos. Por favor, porque... na verdade eu estou com tanta dor de cabeça que mal consigo ficar em pé." O diretor encostou a cabeça no peito de Ayami.

"Mas..."

"É verdade. Estou sentindo uma dor tremenda, de repente. É igual àquela noite em que dirigia o ônibus... É como se alguém martelasse um prego no alto da minha cabeça. É uma dor insuportável."

O diretor abraçou Ayami com as mãos suplicantes. O rosto dele se deformava, tentando aguentar a dor. "Não me sinto bem, acho que vou vomitar."

"Se quiser vomitar, pode vomitar em mim", Ayami sussurrou no ouvido dele. "Se isso for mais confortável para você, é claro..."

O diretor tentou virar o rosto, mas não conseguiu virá-lo totalmente. Ele vomitou por muito, muito tempo, vascolejando o peito e o esôfago. O vômito, morno e esbranquiçado, pingava no chão depois de escorrer pela blusa de Ayami.

"Como você escreveu na carta...", disse o diretor. "Me leve agora para um outro mundo."

Ayami abraçou a cabeça do diretor e a pousou sobre seu joelho cuidadosamente. E acariciou com delicadeza o alto da cabeça ensanguentada, ali onde dava para sentir a cabeça do prego, até que ele terminasse de vomitar. Acariciou-a durante muito, muito tempo, como se acreditasse que aquele gesto repetitivo fosse a única magia que pudesse fazer com que dois seres humanos em estado de desintegração permanecessem no mesmo tempo e no mesmo lugar.

FONTES
Fakt e Heldane Text

PAPEL
Pólen Bold

IMPRESSÃO
Santa Marta